Jürgen von Bülow

Nie mehr verliebt

Bibliografische Information der Deutschen Nationalbibliothek:
Die Deutsche Nationalbibliothek verzeichnet diese Publikation in der Deutschen Nationalbibliografie; detaillierte bibliografische Daten sind im Internet über http://dnb.dnb.de abrufbar.

© 2017 Jürgen von Bülow

www.juergen-von-buelow.de

mail@nie-mehr-verliebt.de

Herz-Zeichnungen: **Elke Spitzer**

Layout Cover: **Luise Trilsbach**

Lektorat: **Susanne Seemann**

Einen herzlichen Dank an all die guten Freunde und Freundinnen, die mein Manuskript korrigiert haben!

Herstellung: BoD – Books on Demand, Norderstedt
ISBN: 978-3-743193246

1 Mittwoch, der Morgen danach
2 Alles wieder gut
3 Wie neu geboren
4 In ihrem Zuhause
5 Nachts, drei Uhr irgendwas
6 Donnerstag, der große Tag
7 Clair!
8 Donnerstagnacht: Wie gelähmt
9 Freitag: Leerlauf
10 Beerdigung
11 Kapiert
12 Showdown in der Nachmittagssonne
13 Nie mehr verliebt *oder*
  37 herzzerreißende Liebesschwüre

„Denn wenn ein Herz auf seiner Bestimmung besteht ... dann ist die Qual groß und ebenso die Gefahr."

Joseph Campbell

Mittwoch, der Morgen danach

Acht Minuten vor eins.

Um eins ruft sie an, das ist in genau acht Minuten.

Ich hocke auf dem kalten Küchenboden und fixiere das alte Festnetztelefon. Mir brummt der Schädel, die weißen Wände drehen sich und mein malträtiertes Hirn muss ständig ein glockenhelles Klingeln verarbeiten. Restalkohol, die ganz schlimme Sorte.

Um eins ruft Claire an, so wie jeden Tag.

Mühsam rapple ich mich hoch, werfe eine Aspirin C-Tablette in ein Glas, kippe Wasser darüber und trinke die blubbernde Suppe. Diesen Vorgang wiederhole ich zwei Mal. Nach dem dritten Glas lichtet sich etwas in meinem Kopf.

Diese Hexe!

Wie ich sie hasse!

Sieben Minuten vor eins.

In meiner Küche ist es dunkel und kühl, draußen auf der Terrasse tobt die Hitze des Sommers. Ich muss mich endlich an meinen Schreibtisch setzen, mir bleiben nur noch zweieinhalb Tage.

Schwankend betrete ich den Flur, um in mein Arbeitszimmer zu gehen. Idiotischerweise drehe ich mich noch einmal um. Das war ein Fehler, denn plötzlich wiederholt sich die Szene von gestern Nacht erneut:

Ich sehe Claire, wie sie an meinem Küchentisch sitzt und raucht. Ich sehe ihre schmalen Wangen, ihr dunkles Haar und ihre Sommersprossen, die sie sich im Herbst weglasern lassen will. Dann passiert es: Ihre dunkelgrünen Augen blicken mich an, ihre vollen, wunderschönen Lippen öffnen sich und hervorkommen fünf Worte, wie sie nicht kälter sein könnten:

»Rrrrobert, ich hab da jemanden.«

Anschließend wird ihr Blick weicher, fast mitleidig. Claire starrt mich an, als wolle sie sagen:

«Es-tut-mir-ja-so-leid-sei-mir-jetzt-bitte-nicht-böse.«

Erst reißen sie dir das Herz heraus, dann sagen sie:

»Aber lass uns immer Freunde sein.«

Hier, in dieser Küche war es, irgendwann in der Nacht, an meinem altehrwürdigen Kirschholztisch. Mir geht's richtig mies, wieso kann nicht alles plötzlich zu Ende sein? Rauf auf den Fernsehturm und ab in die Tiefe.

Halt, Moment: Wieso soll eigentlich *ich* sterben, wieso nicht *sie*? Das ist es! Bewusstseinserweiternde Fantasien schießen mir durch den Kopf – ich kann nur hoffen, dass sie mir irgendeine Art von Erlösung bringen:

Nie mehr verliebt *– Tagtraum 1*

Aus Liebe
Ertränke, vergifte, erwürge sie! Schneid ihr die Gurgel durch, stich ihr ins Herz, hack ihr den Schädel ab! Wirf sie ins Säurebad, steck ihr eine Boa in den Stiefel, bring einen Wolkenkratzer zum Einstürzen und zwar genau dann, wenn sie an ihm vorbeigeht! Sonst noch irgendwelche Vorschläge? Egal: Schick sie ins Jenseits!
Es gibt keinen schöneren Mord als einen klassisch-schönen Mord aus Liebe.

Vorteil:
Ist sie erst mal mausetot, kann sie dich nie mehr anlügen, betrügen oder irgendwelche Spielchen mit dir spielen. Welch Genugtuung.

Nachteil:
Was, wenn sie dir – im Moment des Todes – verliebt in die Augen sieht? Zum ersten und zum letzten Mal? Dann fragst du dich für den Rest deines Lebens: War das wieder nur so ein Spiel von ihr, ein letztes Spiel, um dich noch mal so richtig wahnsinnig zu machen, oder hatte sie doch echte, aufrichtige Gefühle für dich? Du wirst es nie erfahren.

Sieh an, ich fühle mich schon besser! Ein feiner, gemeiner Tagtraum und das Leben wird leichter. Was wäre der Mensch ohne Fantasie, wie würde er alles ertragen? Nicht *ich* soll leiden, *sie* soll leiden! Guter Plan.

Zufrieden schließe ich meine Augen.

Erlösender Sekundenschlaf.

Ich schrecke hoch.

Lebt sie noch? Habe ich sie umgebracht? Ich wollte sie umbringen, hab ich aber nicht, doch ich *muss* sie umbringen. Töte ich sie nicht, bekomme ich sie nie aus meinem Kopf. Claire hat sich tief in mein Hirn genistet und verklebt mir die Gedanken.

Wie spät? Fünf vor eins. Um eins ruft sie an, das ist in genau fünf Minuten.

Bravo, das mit dem Rechnen klappt noch.

In fünf Minuten muss ich sie anlügen, in fünf Minuten darf ich ihr auf keinen Fall die Wahrheit sagen. Dass ich sie ganz reizend finde, ahnte sie schon letzten Sommer, als sie noch meine Studentin war. Aber dass ich sie liebe – abgöttisch, irrsinnig, herzzerreißend liebe – das darf sie auf keinen Fall erfahren, niemals! Egal, wie groß die kleinen Schweinereien sind, die wir uns nach drei Flaschen Prosecco miteinander leisten, sie und ich sind kein Paar, sie und ich sind die besten Freunde, ja, man kann sagen: Claire und ich sind richtig gute Kumpel. Ach, wie schön.

Immer noch fünf Minuten vor eins.

Gleich ruft sie an.

Schluss jetzt, es reicht! Ich muss Claire endlich vergessen und mich auf Nika konzentrieren! Nika ist bezaubernd, authentisch und entwaffnende sechzehn Jahre alt. Sie hat eine umwerfende Stimme und wird einmal ein großer Popstar. Die junge Dame ist die Heldin meines ersten Jugendromans, meine Lektorin ist höchst angetan von dem Manuskript, vor allem von der Liebesgeschichte ist sie begeistert. Allerdings darf der Roman nicht mehr als 238 Seiten haben, sonst kommt ein anderes Projekt ins Verlagsprogramm. Freitagnachmittag, also übermorgen, müssen sämtliche Korrekturen im Verlag sein. Nika ist die Chance meines Lebens, Nika ist real. Claire dagegen bleibt ein unrealistischer Traum. Das Leben ist planbarer als man glaubt.

Ich schaue nach draußen, sehe den stahlblauen Himmel und beschließe, mich nun definitiv an den Schreibtisch zu setzen – Nika wartet dort auf mich. Sie besitzt eine hinreißende Ausstrahlung und ist, anders als andere Frauen, grundehrlich. Um Nikas innerste Gefühle hervorzulocken, werde ich mich ganz in sie hineinversetzen, tief in ihre warmherzige, friedliche, liebenswerte Seele tauchen, was auch mich zu einem warmherzigen, friedlichen, liebenswerten Menschen machen wird, der alle Menschen umarmen könnte und lieb und ...

Ich will mich aber nicht beruhigen! Ich könnte platzen vor Wut!

Ich kicke gegen den nächstbesten Türrahmen, ein daumengroßes Stück weiße Farbe blättert ab. Ich renne von einem Zimmer ins nächste, ziellos, hirnlos, atemlos, ich renne zurück in die Küche, von dort raus auf die Terrasse, der Himmel ist noch da, wo er mal war, die Sonne auch, keine Wolke zu sehen, es ist heiß, Hochsommer in Degerloch. Ich hetze zurück in die Küche, nippe an der Kaffeetasse, die neben der Spüle steht, spucke aber den Kaffee sofort wieder aus – der Kaffee ist kalt, so kalt wie sie gestern Nacht! Frauen sind die brutalste Spezies unseres Planeten.

«Rrrobert, ich hab da jemanden.»

Wenn sie spricht, zerfließe ich wie Butter in der Mittagssonne. Claire rollt das »r«, wie es nur eine echte Fränkin rollen kann. Wie gut, dass ich nicht Stefan, Michael oder Thomas heiße, wie gut, dass ich Robert heiße, Rrrrrrrrroberrrt! Ich schmelze dahin und könnte gleichzeitig die ganze Welt zusammenschlagen!

»Rrrobert, ich hab da jemanden!«

Wer ist dieser »Jemand«, wer ist dieser Kerl?

Bevor ich komplett ausraste, genehmige ich mir schnell meinen Tagtraum Nummer zwei:

Nie mehr verliebt – Tagtraum 2

Nackt
Wenn du vor Wut kochst, dann schlag deine
Wohnung kurz und klein!
Nein: Schlag ihre Wohnung kurz und klein!
Nein: Schlag ihren neuen Lover kurz und klein!
Nein, noch besser: Stell dich nackt vor ihr Haus,
pinkle, um dein Revier zu markieren, gegen ihre
Haustür und brülle so lange und so laut ihren Namen,
bis ein großer, weißer Wagen dich abholt.

Vorteil:
Sie werden dir das stärkste Beruhigungsmittel geben,
das sie haben. Hoffentlich wirkt's.

Nachteil:
Irgendwann besucht sie dich in der Idiotenanstalt und
bringt Papiertaschentücher, Schokoladenbonbons und
ihren neuen Lover mit.
Na, super.

Ich trete noch einmal gegen den Türrahmen, wieder blättert ein Stück Farbe ab. Vergeblich: Sie ist immer noch in meinem Kopf, Claire hat mich wie ein Krebsgeschwür befallen.

Mein Puls rast, in meinem Magen rumort es, und ich laufe wie ein hirntoter Neandertaler durch meine Wohnung und denke jede Minute, jede Sekunde an sie! Wieso kann ich mich nicht so verhalten wie alle anderen männlichen Wesen auf dem Planeten: Schweigen, meine Gefühle verstecken und so tun, als sei alles ganz normal? So lange, bis meine Chance kommt und ich ihr sagen kann, dass ich sie abgöttisch, irrsinnig, herzzerr ...

Es ist eins! Ein Uhr! Präzise dreizehn Uhr. One p.m., one o'clock sharp. Es la una. Eins, wir telefonieren jeden Tag um eins!

Ich hetze zurück in die Küche und werfe die vierte Aspirin C-Tablette in mein Glas.

»Tschschsch...!«

Boshaft zischt mich die schneeweiße Tablette an und bringt die wenigen Wassertropfen, die den Boden bevölkern, zum Explodieren. Wenn das fiese, runde Ding könnte, würde es ein Loch in das Glas brennen, sich durch den Kirschholztisch bohren, auf den Küchenboden tropfen, sich durch ihn hindurch ätzen, ins Erdreich sinken, das Grundwasser erreichen, es auflösen, bis zum Meer vorstoßen, um dann in einer finalen Aktion das komplette Wasser des Planeten zu schlucken. Dann wäre Ruhe, endlich Ruhe.

Ich starre auf die zuckende Tablette. Ihr weißer, wohlgeformter Körper quillt auf und wird langsam eklig. Zuviel Alkohol ist nie das Problem, es sind die Tabletten tags drauf, die einem schaden.

Ich gebe mir einen Ruck, dann trage ich das Glas auf die Terrasse und werfe es samt seiner zischenden

Substanz in die Büsche. Nächstes Jahr wird im Garten ein Aspirinbaum wachsen, auch gut.

Die Sonne sticht mir in die Augen und die heiße Luft ist wie eine undurchdringliche Wand. Ich wanke zurück in die Küche und schließe rasch die Tür hinter mir. Plötzlich wird mir übel, speiübel. Die Welt beginnt sich zu drehen, ich sinke auf die Knie, lege meine Wange auf den kalten Küchen-boden und schließe die Augen. Ich muss noch mal wegdämmern, nur kurz.

›Eine Minute nach‹ ist das letzte, was ich denke.

Wieder schrecke ich hoch.

Zwei Minuten nach eins. Vor hundertzwanzig Sekunden hätte das Telefon klingeln sollen. Langsam werde ich sauer, unpünktliche Menschen machen mich wahnsinnig!

Der Küchenboden ist kalt wie Eis, an meiner linken Wange fehlt jegliches Gefühl. Ich schleppe mich nach draußen und setze mich auf die kleine Treppe, die von meiner Terrasse in den Garten führt.

Die Wohngegend ist exklusiv:

Degerloch, gleich beim Stuttgarter Fernsehturm. Ich bin nur ein kleiner, bescheidener Mieter, von Beruf Schriftsteller und Dozent für Filmdramaturgie. Ich könnte mehr unterrichten, aber ich will schreiben, koste es, was es wolle. Das Schreiben ist Höllenqual und Glücksgefühl zugleich, es ist ein gewaltiger, alles verzehrender Rausch, es frisst einen, aber nur so lebt man.

Plötzlich springe ich auf. Ich will zurück an meinen Schreibtisch, ich will wieder diesen Rausch erleben! Dann verfliegt endlich dieser andere, dieser Prosecco-Rausch, der mir immer noch zusetzt.

Ich stürme über die heiße Terrasse. Übermorgen muss das Manuskript perfekt sein. Gleich eine ganze Reihe soll entstehen, Nika soll sämtliche Höhen und Tiefen eines Popstars durchleben, ohne dass die jugendlichen Leser auf die Idee kommen, die Schule abzubrechen und von der großen Karriere zu träumen. Ein wichtiges Projekt, es *muss* das Licht der Welt erblicken. Dass eine Grafikstudentin wie Claire mir das Gehirn vernebelt und Nika verhindert, das darf nicht sein. Zurück an meinen Schreibtisch, zurück in meinen Schreibrausch!

Ich hetze in die Küche. Auf einmal rieche ich etwas. Der Geruch schwebt über dem Stuhl, auf dem sie immer sitzt. Ich kenne diesen Geruch, es riecht nach ihr, nach ihrem Parfum! Ein etwas zu süßlicher Geruch, aber er hat sich sofort meiner bemächtigt, es ist die Hölle:

Nie mehr verliebt – Tagtraum 3

Der Geruch des Todes
Sie hat ihr T-Shirt bei dir vergessen. Ihr Lieblings-T-Shirt, das ihr so unglaublich gut steht. Es liegt noch im Bett, neben dem Kopfkissen. Ihrem Kopfkissen.

Vorsichtig, ganz vorsichtig nimmst du es in die Hand und riechst daran. Es riecht. Es riecht ganz wunderbar nach ihr. Du willst sterben. Du schließt die Augen und siehst sie, spürst sie, bist ihr ganz nahe – das könnte ewig so weitergehen, ewig ...
Stunden später öffnest du die Augen. Dann stürmst du in die Küche, schleuderst das liebste aller Lieblings-T-Shirts in die Spüle, kippst Olivenöl drüber und zündest es an.
Das schnöde T-Shirt brennt, es brennt wie Hölle. Grässliche, grünlich-schwarze Nebelschwaden nehmen dir den Atem, du schleppst dich zum Fenster, reißt es auf. Die Nachbarn alarmieren die Feuerwehr, denn undefinierbarer, schwarzgrauer Ruß zieht sich über die Herdkacheln hoch bis zur Zimmerdecke, die ganze Küche stinkt nach eklig-verbrannter Chemie, aber in deiner Wohnung riecht nichts mehr nach ihr.

Vorteil:
Du musst husten, du erstickst fast, doch du denkst: Endlich kann ich wieder frei atmen. So muss es sein.

Nachteil:
Leider hast du nur dieses eine Lieblings-T-Shirt von ihr. Leider. Aber solltest du das Glück haben, in den Besitz weiterer Lieblings-Dinge von ihr zu kommen, so zünde auch diese an.
Was du finden kannst, am besten vor ihren Augen:
ihre Lieblings-Jacke,
ihre Lieblings-Jeans,
ihre Lieblings-Schuhe,
ihre Lieblings-Handtasche,
ihr Lieblings-Foto,

ihr Lieblings-Buch
(nein, Bücher verbrennt man nicht!),
ihre Lieblings-Zeitschrift,
ihre Lieblings-CD,
ihre Lieblings-DVD,
ihre Lieblings- ...

Auf dem Tisch steht ein Teller, in dessen Mitte fünf Melonenkerne kleben. Neben dem Teller liegt ein langes, schweres Küchenmesser. Kann ich Claire mit einem Stück Metall aus mir herausschneiden? Mir die Pulsadern aufzuschneiden, ist an sich kein Problem, aber ich müsste googeln, in welche Richtung man schneidet. Unglücklicherweise kann ich momentan meine Lesebrille nicht finden.

Drei nach eins.

Ich sollte die komplette Wohnung einölen und in Brand setzen, der Geruch dieser Frau ist tödlich.

Ich muss es mit Logik versuchen, knallharter Logik.

Claire ist wunderbar, aber sie ist erstens meine ehemalige Studentin, zweitens zwölf Jahre jünger, drittens nicht in Stuttgart geboren und viertens eitel, ich-fixiert, beratungsresistent, Papas Liebling, erweitert die Wahrheit durch wahnwitzige Übertreibungen und ich muss ihr ständig bestätigen: »Du bist die Schönste im ganzen Land«. Gut, ich würde sie trotzdem nehmen. Doch sie?

Sie will mich nicht, nicht wirklich. Das Höchste der Gefühle, was seit einem Jahr zwischen uns passiert, ist ein kurzes Herumgeknutsche, und das auch nur, nachdem Claire die zweite Flasche Prosecco geköpft hat, um sich wieder mal so weit als möglich aus dieser Welt wegzubeamen.

Nie mehr verliebt – Tagtraum 4

Sie-will-dich-nicht
Sie will nicht, dass du das Letzte bist, was sie abends sieht, sie will nicht, dass du das Erste bist, was sie morgens sieht.
Sie-will-dich-nicht.
Sie will dich nicht spüren, sie will dich nicht auf sich, neben sich, unter sich, in sich.
Sie-will-dich-nicht.
Sie will nicht deine Hände, sie will nicht deine Zunge, sie will nicht deinen Schwanz.
Sie-will-dich-nicht.
Sie will dich nicht, nichts von dir.
Wenn du das kapierst, bist du in kürzester Zeit über sie hinweg. Es dauert im besten Fall ein halbes, im schlechtesten Fall ein Dutzend Jahre. Aber danach ist wirklich Schluss.

Vorteil:
Du bist nicht mehr allein, denn genau dasselbe erleben auch andere auf diesem Planeten.
Wie viele sind es wohl, in diesem Moment?

Wie viele Menschen werden genau in dieser Sekunde verlassen – Tausende, Hunderttausende, Millionen?

Nachteil:
Das Blöde ist, Menschen können sich alles, aber auch wirklich alles vorstellen, selbst wenn es so etwas Absurdes ist wie: »Eigentlich liebt sie mich, sie weiß es nur noch nicht!«
Trotzdem: Was du dir auch einredest, für dich gibt es keine Hoffnung – sie will nicht dich, sie will ihn.

Logik ist unbestechlich. Ich könnte kotzen.

Ich schleppe mich ins Erkerzimmer und sitze plötzlich an meinem Schreibtisch.

Die riesige, weiße Tischplatte liegt ruhig vor mir, jetzt bin ich zu Hause.

Über hundert Drehbücher für Kindersendungen und Serien sind hier entstanden. Mehr als zehn Gegenstände dürfen sich nie auf der matten Tischoberfläche befinden, ansonsten formt sich kein einziger Satz unter meinen Fingern. Einer dieser Gegenstände, ein betagter, schneeweißer iPod, muss mir exakt den richtigen, düsteren Soundteppich bereitstellen. Der Kopfhörer hierzu ist höchst exquisit, er unterdrückt Umgebungsgeräusche wie kein anderer. Leider grillt er einem, nach einem langen Tag im Nirwana, die Ohren weg.

Ich klappe meinen Laptop auf. Apple.

Die einen hassen ihn, ich liebe ihn, hemmungslos.

›13:06‹ steht auf dem Balken oben rechts. Ich öffne die Textdatei. Gleich zu Beginn des Romans trifft Nika einen Kerl und verliebt sich augenblicklich in ihn. Zum ersten Mal ist sie unsterblich verliebt, so sehr, dass sie fürchtet, ihr Innerstes werde zerreißen. Ist das nicht schön? Sie leidet, so wie man eben leidet, wenn es einen erwischt. Die Szenen reißen den Leser mit, sie müssen nur kürzer werden. Ich tippe auf den iPod, setze den Kopfhörer auf, konzentriere mich, und meine Finger rasen über die Tasten. Übermorgen müssen die Änderungen fertig sein, bis übermorgen darf es nichts geben als dieses Manuskript.

Also gut: Ich werde mich abschotten, von der Welt und den eigenen, selbstzerstörerischen Gedanken. Im Grunde muss ich nur zu Hause bleiben, einfach nur zu Hause bleiben:

Nie mehr verliebt – *Tagtraum 5*

Zu Hause
Bleib zu Hause – nicht nur heute, sondern für immer. Damit du nie mehr jemanden sehen, sprechen oder hören musst.
Schließ die Wohnungstür ab, lass den Rollladen runter und wirf das Handy ins Aquarium. Wenn du kein Aquarium hast, dann nimm das Tiefkühlfach. Hauptsache, du siehst, sprichst und denkst an niemanden mehr.

Vorteil:
Der Vorteil, das Leben nur noch daheim zu verbringen, liegt klar auf der Hand: Du machst nie mehr etwas falsch. Wer nichts macht, macht auch nichts falsch.
Das ganze Unglück kommt nur daher, dass die Leute nicht zu Hause bleiben.

Nachteil:
Weil du nichts mehr erlebst, hast du eines Tages auch nichts mehr zu erzählen. Deshalb stirbst du irgendwann vor Langeweile, todsicher.

Ich werde also schreiben. Schließlich heißt es, die einzige Spur, die jemand hinterlässt, sei die Kunst. Oder waren es Kinder? Egal.

Meine Finger rasen über die Tasten und tilgen etliche mühsam erarbeitete Gedanken.

Nicht jede Idee schafft es in die Unsterblichkeit. Ich schaue nicht mehr auf die Uhr, versprochen.

Keine fünf Minuten und ich breche die Reise in Nikas Seele ab.

Nika leidet, leidet geradezu körperlich. Ihr Schmerz hat sich auf mich übertragen, ich bin absolut hilflos. Sie meldet sich nicht, also ist sie gestern Nacht noch zu ihm gefahren und ist immer noch bei ihm – ich spreche von Claire, nicht von Nika. Claire wird sich frühestens in einer Woche melden, die Dinge sind geklärt, die Grenze ist gezogen.

Dreizehn Uhr zehn.

Claire ruft nicht an, nicht heute. Und ich darf mich nicht melden, sie hasst es, einfach so angerufen zu werden.

Reglos starre ich auf das Weiß meines Bildschirms. Ich kann mich nicht konzentrieren, geschweige denn, meine Finger bewegen. Dabei ist die Berührung der schwarzen Tasten mit den erleuchteten Buchstaben wie eine Sucht für mich. Das Design ist grandios, es zieht nicht die Aufmerksamkeit auf sich und lenkt nicht vom Eigentlichen ab. Alles ist bereit, alles ist möglich, nur ich funktioniere nicht.

Elf Minuten nach.

Ich stehe auf, gehe in die Küche und von dort wieder nach draußen auf die Terrasse. Ich setze mich auf die oberste Stufe der Treppe. Die Wohngegend ist vornehm, vornehm ruhig. Arglos krabbelt eine Ameise über meinen nackten Fuß. Ich töte sie nicht. Die Hitze ist mörderisch, der Steinboden heiß. Ich liebe diese Hitze, sie kann absolut lähmend sein. Das Leben eines Schriftstellers ist ereignislos, jedenfalls meistens.

Sie ist weg, für immer. Die Geschichte ist zu Ende, wunderbar. Nur du, lieber Leser, hast leider Pech: Kaum ist das Buch in deinem Besitz, kaum sind die ersten Seiten gelesen, schon ist die versprochene Story zu Ende. Reingelegt. Die schönen Euros – sinnlos dahin. Sinnlos, wie so vieles.

Zwölf Minuten nach. Ihr Zeitmanagement ist eine glatte Unverschämtheit.

Claire, was macht du? Genau jetzt, in dieser Sekunde?

Immer noch zwölf Minuten nach.

Mein Leben spielt sich zwischen Claire, Nika, Lektorin, Laptop, Kopfhörer, Terrasse, Küche und Erkerzimmer ab. Was vergessen?

Frederik, meine Verbindung zur Welt nach draußen! Er ist Architekt und wenn heute Sonntag wäre, könnte ich rüber zu ihm und mich bei ihm ausheulen. Frederik ist der beste Freund meines Lebens und, was noch besser ist, er und ich haben nie mehr als dreihundert Meter auseinander
gewohnt. Ohne ihn wäre es einsam auf dem Planeten. Sein einziger Fehler: Er sagt manchmal Sachen, die ich nicht hören will. Das sind dann genau die Sachen, die den Kern des Problems treffen. Aber das will man ja nie hören, heulen ist einfacher.

Stillstand. Nichts passiert. Das Weiß meines Bildschirmes schluckt mehr und mehr die hart erkämpften Buchstaben. Ich sollte es endlich einsehen: So, wie ich das mit Claire vergessen muss, so muss ich auch das mit dem

Schreiben lassen. Nicht jeder in dieser Welt kann ein Schriftsteller sein.

Ich schließe meine Augen und es wird dunkel. Die weiße Fläche meines Bildschirms glimmt noch einen Moment nach, dann verschwindet sie ganz. Ich glaube, ich fühle mich besser.

Alles wieder gut

Das Telefon klingelt und schlagartig setzt mein Hirn aus.

›Claire!‹, schießt es mir durch den Kopf.

Blitzschnell springe ich auf, rase in die Küche, schnappe den Hörer und brülle:

«Ja ...?«

Mehr fällt mir im Moment nicht ein. Claire meldet sich. Ich höre ihre Stimme, ihre wahnsinnige Stimme mit dem wunderbaren, fränkischen Klang! Sie sagt:

«Guten Moarrrchen, Rrrrobert!«

Sämtliche Haare meines Gehörgangs stellen sich auf, gleichzeitig mutiere ich zum naiven Kleinkind. Ich habe Claire unendlich viel zu sagen, da rutscht mir der Hörer aus der Hand und ich erwische ihn erst, kurz bevor er auf den Boden knallt. Aber dann brülle ich so laut ich kann:

«Claire, willst du mich heiraten? Claire, ich liebe dich! Claire, ich will Kinder mit dir! Lass uns zusammen alt werden, lass uns ein geruhsames Altersheim suchen, noch heute!«

Und dann gestehe ich ihr endlich die Wahrheit: Dass ich sie seit über einem Jahr liebe – abgöttisch, irrsinnig, herzzerreißend – und dass ich schier wahnsinnig geworden bin, als sie gestern Nacht eröffnete, dass es jemand anderen gibt. Das alles sage ich ihr, und füge hinzu, dass ich sie sehen will, jetzt sofort, und dass wir über alles reden müssen – wie wir zusammenziehen, bei welchen Eltern wir welchen Weihnachtstag verbringen, welche Vornamen ihr gefallen und dass es mir egal ist, wenn wir zuerst nur ein Mädchen bekommen, wir kriegen ja drei Kinder, und wenn kein Junge dabei ist, eben vier.

Wie aus einem dummen, plappernden Kind sprudelt es aus mir heraus. Schließlich füge ich »Bis gleich, ich komme zu dir!« hinzu, donnere den Hörer auf den Küchentisch, schnappe den Wagenschlüssel und rase aus der Wohnung.

Ich muss zu ihr, jetzt, sofort. Claire!

Ich bin schon im Treppenhaus, da höre ich, ganz leise, dass in der Küche mein Handy klingelt.

Ich denke:

›Gut, dass es klingelt, ein Handy brauche ich in meinem neuen Leben mit Claire.‹

Ich springe zurück in die Küche und will eben das

summende Ding einstecken, da sehe ich, dass sie es ist, die mich auf dem Handy anruft, dass Claire anruft! Wunderbar! Vielleicht ist ihr ein Name für unseren ersten Sohn eingefallen? Jetzt wird alles gut, jetzt wird alles schön – neues Leben, ich komme!

Ich drücke auf das Display und will irgendetwas sagen, doch ich kriege kein Wort heraus, so außer Atem bin ich von der ganzen Herumraserei. Also meldet sich Claire zuerst. Ihre Stimme klingt ausgesprochen fröhlich:

»Bist du grrrad' erst aufgestanden? Sollen wir nachher telefonieren?«, und fügt lachend noch ihr unverwechselbares »Rrrrobert« hinzu. Wie vertraut mir ihre Stimme ist, ich könnte sie ewig hören.

Plötzlich fällt es mir wie Schuppen von den Augen:

Claire fühlt wie ich, Claire ist nicht genervt! Normalerweise flippt sie aus, wenn jemand sie mit seiner Liebe überrollt! Von Typen, die sich hemmungslos in sie verlieben, erzählt sie mir jeden Tag und immer fühlt sie sich in die Enge getrieben! Bisher mochte sie mich, weil ich nicht einer dieser Typen war, der sie bedrängt. Doch jetzt, als ich ihr endlich gestehe: »Ich liebe dich«, da freut sie sich! Ich Schaf, ich hätte ihr schon früher die Wahrheit sagen sollen! Ich Riesenschaf!

»Claire, ich ...«, mehr kriege ich nicht heraus, so überwältigt bin ich von dieser ungeheuren, unerwarteten Wendung in ihrem, in unserem Leben. Ab sofort sage ich nur noch die Wahrheit – sag die Wahrheit und alles wird gut!

»Gratuliere«, höre ich Claires Stimme, »das waren schon zwei Worte! Bist du auf die Tasten gekommen?«, fragt sie lachend.

Ich bin auf die Tasten gekommen? Auf welche Tasten?

»Dr. Alzheimer? Nicht gleich wieder auflegen! Weißt du, wenn du nur ›ja ...!‹ brüllst und dann gleich auflegst, ist das ›a wenig‹ langweilig.«

Was, wie? Sie hat nichts von meiner peinlichen Liebestirade gehört? Ich selbst habe, gleich nachdem sie sich gemeldet hatte, die Leitung unterbrochen? Was bedeutet das? Beichte ich ihr alles noch einmal oder sollte ich einfach mal die Klappe halten?

»Ja, äh ... ich hab meine Linsen noch nicht drin«, lüge ich schnell, »ich ruf dir an«.

»*Dich*, du Schwabe, *dich!*«, antwortet sie lachend, »bis gleich!« und legt auf.

Alles scheint wie immer zu sein: Sie meldet sich kurz, ich rufe zurück. Benommen wähle ich ihre Nummer. Ich sollte es ihr sagen, sollte sagen, dass ich sie abgöttisch, wahnwitzig, hirnverbrannt lie...

»Guten Morrrchen, mein Lieber«, meldet sie sich.

Ihre Stimme klingt wie das blühende Leben.

»Hallo, Claire«, antworte ich und versuche, wie immer zu klingen.

»Wie geht's dir?«, fragt sie vorsichtig.

»Das weiß ich noch nicht«, antworte ich ausweichend, »wie viele Flaschen waren es diesmal? Jeder eine?«

Sag ich's oder sag ich's nicht?

»In der Venga-Bar jeder ein Aperol Sour, beim Italiener der übliche Grappa und bei dir dann drei Flaschen Prosecco«, zählt sie auf.

›Robert, ich-hab-da-jemanden!‹

Sie ist allerbester Laune, ich könnte kotzen.

»Eigentlich hättest du nicht heimfahren dürfen«, brumme ich papahaft.

»Das nächste Mal bleib ich bei dir«, verspricht sie und fügt: »immerhin hatten wir die Pizza« hinzu.

Es ist unglaublich, alles ist wie immer.

Ich schließe die Augen und genieße es, mit ihr zu sprechen. Wenn sie da ist, geht's mir gut, das war schon letzten Sommer so.

»Rrrrobert, magst du mich noch?«, fragt sie plötzlich.

Ihre Stimme klingt feinfühlig und es scheint ihr wichtig zu sein, was ich darauf sage. Ich gehe rüber ins Wohnzimmer, setze mich auf den beigen Teppich und lehne meinen Rücken an das Sofa. Meine Hand gräbt sich in die weiche, warme Wolle. Meist liegt sie hier und lässt sich von mir massieren, den Rücken, die Arme, die Beine. Rein medizinisch massieren.

»Nein ... doch ... ja ... äh ...«, erwidere ich.

Sie interessiert sich für mich, das haut mich komplett um.

»Was jetzt: ›nein‹, ›doch‹, ›ja‹ oder ›äh‹?«, fragt sie leise. »Magst du mich noch oder magst du mich jetzt nicht mehr?«

»Ich ... ich weiß nicht ...«, stottere ich.

»Rrrrobert, ich will, dass wir immer Freunde bleiben, ja? Versprichst du mir das?«, fragt sie liebevoll.

Erst reißen sie dir das Herz heraus, aber dann wollen sie ...

»Versprochen«, antworte ich ebenso liebevoll.

Wieso mache ich mich bei ihr immer so klein?

Ich höre, wie sie sich eine Zigarette anzündet. Gestern Nacht hat sie sich auch eine angezündet, gleich, nachdem diese fünf tödlichen Worte über ihre wundervollen Lippen kamen.

»Weißt du, das mit Mauro muss ich erst mal abwarten«, fährt sie fort, »das darfst du nicht so ernst nehmen. Du wirst für mich immer der wichtigste Freund sein. Freunde trennen sich nie und deshalb bleiben wir immer Freunde, versprochen?«

»Versprochen«, wiederhole ich hilflos.

Es klingt wie in einem schlechten Arztroman: das schöne, lebenshungrige Mädel und der alte, runzlige Dorfdepp.

»Wir zwei haben einfach was ganz Besonderes«, sage ich schnell, um wenigstens etwas gesagt zu haben.

Claire findet auch, dass wir zwei etwas ganz Besonderes haben und dass wir gestern wieder einen unserer typischen, unglaublichen Tage erlebt haben. Lachend zählt sie alles noch einmal auf:

Erst waren wir bei mir, anschließend in einer Ausstellung, dann Klamotten und Grafik-Design-Bücher kaufen und schließlich in der Venga-Bar am Schlossplatz, um den besten Aperol Sour der Stadt zu trinken. Dort erzählt sie stundenlang von ihm, ihrem Ex, und dabei massiere ich ihre Hände – Claire ist süchtig nach meiner Handmassage – so lange, bis die Sonne untergeht. Dann, schon im Dunkeln, holen wir bei unserem Italiener die übliche Pizza, gehen wieder zu mir, und während ich die beste Pizza von allen schneide, macht sie den besten Prosecco von allen auf: Sergio Mionetto – keiner krönt den Tag besser als ein Sergio Mionetto, einen anderen trinken wir nicht.

Claire redet und redet, was wirklich ganz schön ist, denn so beginne ich, mich langsam zu beruhigen. Bevor ihre Zigarette zu Ende ist, sage ich:

»Ich will auch einen Zug«, und sie sagt: »Kriegst du!«, und ich schließe die Augen und stelle mir vor, wie das ist, wenn sie an meinem Küchentisch sitzt und ich bei ihr mitrauche:

Claire zieht an ihrer Zigarette, jedoch nicht auf Lunge, ich küsse sie und sauge dabei den Rauch aus ihrem Mund. Dann lösen wir uns voneinander und ich genieße den ungewohnten, berauschenden Nikotinschub. Die ganze Aktion passiert oft an unserem Tag, denn Claire raucht viel, allerdings sind diese Fast-Küsse nicht wirklich sinnlich, im Gegenteil, ich könnte mich kaum lächerlicher machen. Trotzdem ertrage ich es, Dienstag für Dienstag, seit einem Jahr, denn die Sekunden, in denen unsere Lippen sich berühren, helfen mir durch die ganze Woche, so lange, bis ich sie endlich wieder spüre, diese Lippen, zwei, drei Sekunden lang spüre ...

Claire erzählt und erzählt und ich tauche in den wohligen Klang ihrer Stimme ein.

Nika hat auch eine wunderbare Stimme, und wenn sie singt, dann driftet sie weg und verlässt eine Welt, die viel zu deprimierend geworden ist, um wach darin zu leben. Also hebt sie ab und fliegt davon, auf einer grandiosen Bewerbungsmappe, an der sie seit einem Jahr arbeitet, denn sie will sich bei der größten Werbeagentur der Stadt bewerben, sie fängt gleich ganz oben an.

Ich schrecke hoch: Nika? Claire? Claire will sich bewerben, Claire! Nicht wegdriften, Robert, du musst Claire zuhören, auch wenn du ihre Geschichten schon kennst. Vielleicht wird das für lange Zeit euer letztes Telefonat sein, schließlich hat sie ja jetzt ›jemanden‹! Keine wahnwitzigen Dienstage wird es mehr geben, voller vertrauter Berührungen und Blicke in ihre dunkelgrünen Augen. All das ist zu Ende, es sei denn, eine Idee fällt vom Himmel, eine Idee, die sie umhaut, jetzt, hier und sofort! Allerdings muss sie besser sein als dieser ›Ich-liebe-dich-abgöttisch‹-Scheiß, ein einmaliger Schachzug muss es sein, einer, der sie an mich bindet, ohne dass sie merkt, wie sehr sie sich an mich bindet.

Claire redet und redet. Eben erzählt sie von ihrer Freundin, die sie immer in diesen Lesben-Club lockt, um sie dort abzuschleppen. Ich hasse diese Freundin, schließlich haben sie und ich dasselbe Ziel. Da fallen plötzlich, aus heiterem Himmel, sieben Worte aus meinem Mund:

»Claire, lass uns zusammen ein Buch schreiben.«

Das ist es, das hat gesessen! Ich bin selbst ganz perplex.

»Was für ein Buch?«, fragt sie baff.

»Ein Buch«, antworte ich, »ein Buch, basierend auf deiner Diplomarbeit, nur länger.«

Es war letzten Sommer, es war göttlich: Sie saß auf meiner Terrasse, rauchte, und ich konzipierte ihre Diplomarbeit. Wir trafen uns alle drei Tage, sie sah hinreißend aus und aus mir sprudelte es nur so hervor. Ende Juli bekam sie dann ihre Note: Eins minus. Das Minus kam von mir, die andern Dozenten wollten ihr die glatte Eins geben.

»Ja, das war toll, das müssen wir unbedingt wieder machen«, antwortet sie, »aber was für ein Buch soll das werden?«

Claire ist interessiert, ich wusste es! Sie ist immer begeistert, wenn sie kreativ arbeiten kann. Vielleicht bringt sie das endlich davon ab, sich Freitag- und Samstagnacht komplett wegzuschießen.

»Was für ein Buch?«, fragt sie ungeduldig.

»Wir machen ein Buch über DJ, deinen Ex! Wie oft hast du gesagt: Ich will den Kerl endlich vergessen! Weg vom Ex, das kennt doch jeder.«

Claire ist plötzlich Feuer und Flamme:

»Wir machen ein Buch darüber, wie man den Ex aus dem Kopf kriegt!«, bestätigt sie, »super, das machen wir!«

Sie zündet sich eine Zigarette an. Schade, dass sie jetzt nicht an meinem Küchentisch sitzt.

»Kennst du den Song ›50 ways to leave your lover‹?«, frage ich.

»Das hast du mich schon mal gefragt, Dr. Alzheimer«, antwortet Claire und denkt bereits über unser Buch nach.

»Ich schreibe die Geschichten, kurze Geschichten, und du machst die Grafik«, erkläre ich.

»Ich schreib auch irgendwas«, ruft sie euphorisch.

»Ja, klar«, sage ich verwundert, »das Ganze soll kein Roman werden, sondern nur ein kleines Buch, das in jeder Buchhandlung neben der Kasse liegt.«

»Genial! Das machen wir«, ruft sie,

»So was nehmen alle mit, Liebeskummer kennt jeder«, füge ich hinzu.

»Genial! Das machen wir«, wiederholt sie begeistert, »ich gebe sofort meinen dummen Job im dummen ›Café Crêpes‹ auf!«

Der Job war wirklich bescheuert, aber er war, seit ihrem Abschluss, ihr einziger.

»Wenn du dich bewirbst, klingt es einfach besser, wenn du sagen kannst, dass du an einem Buch schreibst«, erkläre ich papahaft, »dein Abschluss ist eben schon ein Jahr alt.«

Claire hört mir nicht zu.

»Weißt du was: Ich komm morgen zu dir, so wie normalerweise an unserem Dienstag! Wir nehmen uns viel Zeit, ich bleib auch über Nacht! Rrrrobert, wir machen ein Buch! Und dann fahren wir zusammen auf die Insel. Das musst du mir versprechen: Wenn unser Buch fertig ist, fahren wir zusammen auf meine Insel!«

Mit ›meine Insel‹ meint sie Ibiza. Ihre Tante hat dort eine Wohnung.

»Rrrrobert?«, hakt sie nach.

»Versprochen«, sage ich und mein Herz klopft.

»Versprochen«, sagt sie und ihr Herz klopft, hoffe ich jedenfalls.

Dann redet sie noch ein bisschen über unsere Pläne und wie sehr sie die ganze Club-Szene langweilt und dass sie sich ab sofort kein einziges Wochenende mehr ›wegschießen‹ will, weil ein weggeschossener Freitag sie auch den kompletten Samstag kostet, um sich zu erholen. Und da sie Sonntag wieder im ›Café Crêpes‹ jobben muss, bleibt nie Zeit, irgendwie kreativ zu werden. Aber jetzt, wo wir ›unser Buch‹ machen, wird alles anders, sie kann es kaum erwarten.

Schließlich hören wir auf zu reden und verabschieden uns, liebevoll, so wie immer, und ich sitze auf dem beigen, weichen Wollteppich und fühle mich wie auf Wolken.

Es ist unglaublich: Claire kommt morgen, sie will kommen und die Nacht über bleiben. Morgen werde ich sie erobern, ein für alle Mal!

Nie mehr verliebt – Tagtraum 6

Kämpfe!
Kämpfe um sie, mit allen Mitteln!
Werde zum Tier, werde zum Primitivling, werde zum Primaten mit dem Gehirnvolumen einer Haselnuss.
Lass den Dschungel raus, werde hinterrücks, verlogen und gemein, zeige kein Mitleid – kurz: werde ein richtiges Schwein.
Kämpfe wie im Krieg. Im Krieg und in der Liebe sind alle Mittel erlaubt.

Vorteil:
Noch nie im Leben hattest du so viel Energie wie jetzt. Ein Hochgenuss – je oller, je doller!

Nachteil:
Unter Umständen sind deine Chancen gering, sie je für dich zu gewinnen. Aber aufgeben wäre die Hölle.

Ach ja, noch was:

Das mit der Wahrheit, also das, was ich vorhin behauptet habe, ist kompletter Unsinn: Sag ihr niemals, wirklich niemals die Wahrheit! Lüg sie an und du gewinnst, das ist die Wahrheit.

Wie neu geboren

Plötzlich fühle ich mich wie neu geboren, plötzlich schießt ein unendlicher Energieschub durch meine Adern.

Morgen erobere ich sie zurück, morgen Nacht! Dazu muss ich weder zum Friseur, noch zum Gesichtschirurgen, noch ins Sportstudio. Dazu muss ich ihr nur etwas kochen, ein Essen der Verführung, ein Verführungsmahl wird es werden! Meine beispiellose Kochkunst wird Claires Sinne betören und ihre Sinnlichkeit wecken, dahinschmelzen wird sie, wie eine Butterflocke in der Sonne: Der Hauptgang wird asiatisch, die Vorspeise italienisch und das Dessert französisch sein! Auf diese Kombination ist noch keiner gekommen! Das kann ich, das haut sie um.

Ein guter, ein verdammt guter Plan!

Ich springe auf, rase ins Erkerzimmer, klappe das MacBook zu und treffe eine historische Entscheidung:

Ab sofort pfeife ich drauf, Schriftsteller zu sein, ab sofort lebe ich! Meine Lektorin kann sich mein Manuskript sonst wohin schmieren, von mir kriegt sie nichts! Nika ist gestorben, noch bevor sie das Licht der Welt erblicken kann. Ruhe in Frieden, du einzigartige Lichtgestalt! Ich will Menschen zum Anfassen, und Claire ist zum Anfassen, Claire ist real. Am Ende der Nacht wird meine Traumfrau mir gehören. Ich werde sie bekochen und sie wird dahinschmelzen – guter Plan!

Nie mehr verliebt – Tagtraum 7

Hässlich!
Koche ihr ein wunderbares Essen, besser:
Bekoche sie mit ihrem Lieblingsessen.
Dazu kredenze edlen französischen Wein,
zünde Kerzen an und stelle Blumen auf den Tisch,
natürlich ihre Lieblingsblumen.
Nach dem Hauptgang serviere einen Nachtisch, nicht
zu süß und nicht zu schwer.
Wichtig:
Lass ausschließlich sie reden und baggere sie nicht an,
sei einfach nur nett, den ganzen, langen Abend.
Am Ende serviere ihr Chips, allerfeinste Chips, als Krönung deines Schmauses. Schon tags drauf bekommt sie von diesen WunderChips Pickel, dicke, fette, eklige Pickel. Auch von Wucherungen wird sie befallen, besonders ihr hübsches Gesicht ist betroffen.

Wochenlang wird sie wie eine geschüttelte Pizza Diavolo aussehen, vergeblich wird sie versuchen, die Millionen fetter, gelber, widerwärtiger Auswüchse auszudrücken.
Das wird ein Fest werden, ein Fest der Sinne – für dich.

Vorteil:
Niemand wird sie mehr sehen wollen, niemand wird sie mehr treffen wollen. Sie wird sich wegschließen, in ein dunkles Zimmer, ohne Spiegel, nur mit einem Telefon. Aber ihr werdet telefonieren, täglich, stündlich.
Sie wird nur noch dir gehören, dir allein.
Herrlich!

Nachteil:
Irgendwann schickt sie dir ein Foto von den Malediven, auf dem sie glücklich, wunderschön und hoffnungslos verliebt aussieht.
Neben ihrem makellosen, gebräunten Gesicht wird ein gut aussehender, älterer Herr zu sehen sein – ihr Hautarzt, eine Koryphäe auf seinem Gebiet.
Ihr Hautarzt ist auch dein Hautarzt, und dein ebenfalls Akne verseuchtes Gesicht hätte eine Intensivbehandlung bitter nötig.
Doch der Herr Doktor ist leider in Urlaub, auf den Malediven, mit seiner neuen, wunderschönen Lebensgefährtin.
Hässlich.

In Windeseile beseitige ich die Spuren der Nacht:

Die Sekt- und Wassergläser kommen in die Geschirrspülmaschine, die leeren Flaschen, der volle Aschenbecher, die Plastikkorken und die beiden Pizzaschachteln wandern, korrekt getrennt, in den Müll. Dann springe ich unter die heiße Dusche, um den letzten Rest Alkohol aus meinem Körper herauszudampfen. Gefühlte hundert Liter Wasser später bewegen sich die Wände zwar immer noch, aber der Boden unter meinen Füßen wirkt angenehm stabil.

Ich ziehe mir irgendetwas an, stürme aus der Wohnung und setze mich in meinen bildschönen, schwarzen Saab. Der betagte Wagen glüht wie eine Herdplatte, also öffne ich das Schiebedach und lasse sämtliche Fenster herunter.

Dann rase ich, in akkuraten Schlangenlinien, durch unsere vornehme Villengegend. Um wach zu bleiben, lasse ich ›Message in a Bottle‹ laufen, gehörschädigend laut, und zucke und singe, wie es peinlicher nicht geht. Stings grandioser Song ist schnell, hektisch und klar. Ich rausche an parkenden Oberklassefahrzeugen vorbei, die gleißende Sonne blendet mich, als habe man tausend Scheinwerfer auf mich gerichtet. Und plötzlich finde ich mich auf einer riesigen Bühne wieder, schaue über eine endlose Menschenmasse und singe:

»I hope that someone gets my, I hope that ...«.

Meine göttliche Stimme begeistert das gesamte Stadion, ich lache vor Glück, und für einen Moment finde ich es richtig schade, dass Nika niemals vor solch einer Menschenmasse stehen wird, denn ich werde ihr kein Leben einhauchen. Aber dass ich mich für Claire und gegen Nika entschieden habe, ist richtig: Ich will leben, nicht leiden! Und ich werde es genießen, dieses neue Leben – jede Sekunde, so lange es dauert:

Nie mehr verliebt – Tagtraum 8

Durchgeknallt
Du bist verliebt, unsterblich verliebt?
Dann zeig der ganzen Welt, was mit dir los ist:
Singe Opernarien auf dem Rockkonzert,
tanze balinesische Balzriten in der U-Bahn und küsse alles und jeden, der dir in die Quere kommt. Was du auch tust, sei extrem!
Du darfst das – Verliebte dürfen das, Verliebte dürfen alles, egal, wie durchgeknallt es ist.
Endlich spürst du wieder, dass du lebst. Was willst du mehr?

Vorteil:
Du lernst eine Menge Frauen kennen, und zwar genau in dieser Reihenfolge:
Polizistinnen,
Krankenschwestern,
Richterinnen,
Psychologinnen,

*Sozialarbeiterinnen,
Hartz 4-Sachbearbeiterinnen,
gelangweilte Witwen.
Wahnsinnig verliebt zu sein, ist der wahnsinnigste Zustand, den es gibt.
Er hat nichts mit der Frau zu tun, die du liebst, sondern nur mit dir. Hauptsache, du genießt es, in vollen Zügen.*

*Nachteil:
Dein Liebesrausch darf niemals aufhören, du bist wie ein Junkie, dessen Drogenlevel nie sinken darf, einen Absturz würdest du nicht überleben.
Setz einfach die rosarote Brille auf und sei auf beiden Augen blind, für den Rest deiner Tage.*

Ich fahre auf der schönsten Panoramastraße von Stuttgart so lange bergab, bis ich das Zentrum des Talkessels erreiche.

Es ist gleißend hell und der heißen Luft scheint niemand entkommen zu können.

Ich parke vor der Bar, in der wir bei unserem ersten Date bis morgens geredet hatten. In dieser Nacht nahm ich, nach jahrelanger Abstinenz, den ersten Zug aus einer Zigarette, aus ihrer Zigarette.

Sofort drehte sich der Boden und die Wände verschwanden im Nebel. Von da an war der Dienstag immer unser Tag: Ein einziger, verrückter Rausch, ein Leben, in dem es nur uns beide gibt, ein endloses Zusammensein im Hier und Jetzt. Seit damals telefonieren wir, wochentags, kurz nach eins, manchmal sogar Punkt eins.

Ich lasse die Bar links liegen und betrete den größten Feinkostladen der Stadt. Dort kaufe ich schwarze Oliven aus Ligurien und diese irrsinnige, französische Crème Fraîche. Außerdem edles Hohenloher Hähnchenfilet, Tilda Basmatireis, eine Stange Zitronengras, Zitronenblätter und eine Knolle Galgan. Ach ja, auch ganz wichtig: eine Kiste Sergio Mionetto. Zu guter Letzt schnappe ich mir eine Großfamilienpackung Kinderschokolade, denn Claire liebt dieses süße Zeugs. Dann hetze ich zurück zu meinem geliebten Saab und verlasse den Talkessel Richtung Fernsehturm.

Zu Hause kommen meine Einkäufe sofort in den Kühlschrank.

Während ich einräume, denke ich schon wieder an die zweitschönste Beschäftigung der Welt, das Kochen:

Nie mehr verliebt – Tagtraum 9

Bekoche sie!
Bekoche sie, jeden Tag, jede Woche, Monat für Monat.
Koche ihr täglich etwas anderes, immer irgendwas Besonderes, so besonders, dass sie vollkommen abhängig von deinen irrsinnigen Kochkünsten wird.
Koche turkmenisch, burmesisch, sulawesisch und altchilenisch. Koche leicht, schwer, opulent und simpel.

Koche auf der Wiese, auf dem Wendelstein, auf einem Elefantenrücken und auf dem Meeresboden mit Taucheranzug und Unterwasserkerze. Koche, was das Zeug hält. Sie darf den ganzen Tag nur noch an eines denken: ›Was kocht er mir heute?‹

Vorteil:
Sie wird dich heiraten, ihr werdet ein Restaurant führen und stinkreich werden. Über die Jahre wird sie müde und fett werden und kaum noch das Haus verlassen. Jetzt endlich gehört sie dir, dir ganz allein.

Nachteil:
Eines Tages wird sie mit dem schmierigsten Pommesbudenbesitzer der Stadt durchbrennen. Weil zu viel des Guten eben auch zu viel ist.

Ich schließe die Kühlschranktür und mein Blick fällt unter den Kirschholztisch: Dort liegt, im hintersten Eck, der silberne Draht, der normalerweise um den Korken einer Proseccoflasche gespannt ist. Claire hat den Draht gestern Nacht zu einem kunstvollen Ball geformt, damit ihre Katze etwas zum Spielen hat. Claire liebt ihre Katze, also liebe auch ich ihre Katze, schade nur, dass ihre Katze mich nicht liebt. Sheila hasst mich sogar, denn die beiden Gelegenheiten, in denen ich in Claires Wohnung war, hat das fette Säugetier mir ein paar üble, blutende Kratzer verpasst. Aber nun wird alles anders, das nächste Mal bringe ich dem überflüssigen Tier ein glänzendes Spielzeug mit und schon wird es mich anschnurren –

wenn Sheila mit mir schmust, wird Sheilas Frauchen auch mit mir schmusen, so einfach ist das.

Nie mehr verliebt – Tagtraum 10

Ihre Lieblinge
Hat deine Traumfrau Kinder, dann mach dich schamlos an ihre Kleinen ran:
Bringe die launischen Bälger zum Lachen, spiel den netten Süßigkeiten-Onkel, kümmre dich unablässig um sie, zeig ihnen die Welt, werde unersetzbar, werde der bessere Vater, Mutter, Oma, Opa, Bruder, Schwester, Freund.
Dabei hilft es, wenn du eine Ausbildung zum Kinderarzt,
Kinderbuchautor,
Kinderanimateur
und Zirkusclown hast.
Sollte deine Traumfrau keine Kinder haben, dann bezirze ihren Hund, ihre Katze, ihren Clownfisch, ihre Kreuzspinne, ihre Hornissenkönigin oder ihr Süßwasser-Krokodil.
Pflege Vollkontakt, je länger, je enger.

Vorteil:
Es ist hochgradig anstrengend, der Traummann zu sein, weil du das für alle Zeiten weiterspielen musst. Aber sie wird dich nicht mehr aus ihrem Leben ausschließen können, so viel ist sicher.

Nachteil:
Schaffst du es trotzdem nicht, ihr Herz zu erobern, dann ist das bitter, denn ihre Kinder haben nun dein Herz erobert und du beginnst, die goldigen Racker zu vermissen. Das gilt leider auch für ihren Hund, ihre Katze, ihren Clownfisch, ihre Kreuzspinne, ihre Hornissenkönigin und ihr Süßwasser-Krokodil.
Die Natur kennt keine Gnade.

Das nächste Mal? Schon heute! Sheila bekommt noch heute ihr neues Spielzeug – welch grandioser Einfall! Bei der Gelegenheit werde ich unauffällig recherchieren, was Claire fühlt und was sie denkt. Nicht, dass ich plötzlich zum Stalker mutiere, nein, mitnichten. Ich will Claire nur einer ausgiebigen Beobachtung unterziehen, um herauszubekommen, wie echt ihre Gefühle für mich sind. Dabei will ich tief in ihren Kopf kriechen, will in die geheimsten Teile ihrer Seele blicken, um endlich zu wissen, was zu tun ist, damit sie hingebungsvoll in meine Arme sinkt. Auf zu Claire, Wissen ist Macht!

Ich schnappe die silberne Drahtkugel, rase aus dem Haus, starte den vor Hitze glühenden Saab und gebe Gas.

Der Gedanke, dass ich Claire gleich sehen werde, jagt mir das Adrenalin literweise durch den Körper. Eine halbe Stunde später erreiche ich jenen beschaulichen Ort mit der berühmten Burg, in dessen malerischer Altstadt Claire wohnt.

In ihrem Zuhause

In sicherer Entfernung parke ich den Wagen.

Da die großen Ferien begonnen haben, sind die gepflasterten Straßen wie ausgestorben. Auch hier in Esslingen ist es unerträglich heiß.

Im Schatten der Fachwerkhäuser nähere ich mich einem aufwendig restaurierten Gebäude. Es hat eine wechselvolle Geschichte hinter sich, momentan beherbergt es auf den ersten beiden Stockwerken eine verschlafene Galerie. Ganz oben, im Dachgeschoss, wohnt Claire. Will sie in ihr Zuhause gelangen, muss sie die Treppe innerhalb der Galerie benutzen. Vor den letzten Stufen, die zu ihrer Wohnung führen, versperrt lediglich eine harmlose, blaue Kordel den Weg. Das Beste aber ist: Claire schließt tagsüber nie ihre Tür ab, schließlich sitzt immer jemand im Erdgeschoss, um die seltenen Galeriebesucher zu begrüßen.

Leise öffne ich die antike Holztür.

Schlagartig bin ich in einer anderen Welt: Hier ist es dunkel, kühl und still. Nur die seltsamen Skulpturen im Foyer sind erleuchtet, ansonsten hat man eher das Gefühl, in einem verlassenen Kloster zu sein.

Ich schaue mich um. Sämtliche Ausstellungsstücke sind weiß und bestehen aus dem Wort ›Yes‹, einzig die Größe und die Schrift der drei Buchstaben ist unterschiedlich. Schon früher gab es eine Japanerin, die einfach nur ein ›Yes‹ ausgestellt hatte, doch ich bin zu aufgeregt, um mich an den Namen der Künstlerin zu erinnern.

Mit weichen Knien schleiche ich durch die Räume des ersten Geschosses. Wo ist die Mitarbeiterin, die normalerweise die Besucher empfängt? Plötzlich entdecke ich sie: Die junge Frau steht im Hof hinter dem Haus und raucht.

Ich schiebe mich in ein dunkles Eck und horche. Sowohl im Erdgeschoss als auch im Stockwerk über mir ist es still. Das ist meine Chance:

Ich schleiche zurück ins Foyer, nehme die Treppe nach oben und schaue mich um. Hier entdecke ich einen Berg verschieden großer, weißer Holzwürfel, es müssen Hunderte sein. Auf jedem steht, in unterschiedlichen Farben, ›Yes‹. Für einen Moment bin ich sprachlos: Ein Würfel, dessen sämtliche Seiten nur die Aufschrift ›Yes‹ haben, ist irgendwie seltsam – wieso sollte man, wenn das Ergebnis doch klar ist, einen solchen Würfel überhaupt benutzen? Andererseits fasziniert mich der Gedanke, dass es tatsächlich einen Gegenstand gibt, mit dem man niemals verlieren, sondern immer nur gewinnen kann.

Doch weiter, ich bin nicht zum Vergnügen hier, ich habe eine Mission.

Lautlos erkunde ich die Nebenräume. Auch hier, im zweiten Stock ist keine Menschenseele zu sehen. Schließlich stehe ich wieder vor der Treppe. Der Weg ins Dachgeschoss wird symbolisch von einer blauen Kordel versperrt. Soll ich wirklich? Noch habe ich nichts Verbotenes getan. Mein Herz klopft, als würde es jeden Moment zerspringen.

Ich muss! Über mir, in Claires Wohnung, knarrt etwas. Doch weil in diesen alten Häusern immer etwas knarrt, hole ich tief Luft, dann steige ich mit einem großen Schritt über die blaue Kordel. Vorsichtig folge ich der schmalen Treppe.

Endlich erreiche ich das Dachgeschoss. Die dunklen Wände sind schräg und steil, die beiden Fenster winzig und der Boden besteht aus breiten, uralten Holzdielen. Die vordere Hälfte des Stockwerks, auf dem ich mich befinde, ist ein leerer Raum mit nur wenigen, senkrechten Balken. Gleich neben der Treppe sind aufeinandergestapelte Bistrotische, die für den Anlass einer Vernissage nach unten getragen werden. Die andere, die hintere Hälfte des Stockwerkes, wurde zu einer

Dachwohnung umgebaut – dort lebt Claire. Ihre Miete ist gering, dafür muss sie, einmal im Monat, einen neuen Ausstellungs-Flyer gestalten.

Wie gebannt starre ich auf die Tür, die sich keine acht Meter von mir entfernt befindet. Sie wirkt alt und massiv und ist aus dem gleichen, dunklen Holz wie die Dielen auf dem Boden. Hier wohnt Claire, hinter dieser Tür!

Ich warte. Draußen auf der Straße lacht ein Kind, ansonsten höre ich nichts. Sie ist weg, ich wusste es! Claires Mittwoch beginnt immer gleich: Zuerst ruft sie mich an, dann telefoniert sie mit ihrer Tante, und gleich darauf geht sie einkaufen. Claire liebt Rituale. Die Rituale eines Menschen zu kennen, ist ein guter Anfang, sein Verhalten vorausahnen zu können.

Mit glühendem Kopf nähere ich mich ihrer Tür. Ich trete immer nur auf eine einzige Bodendiele, so knarrt der Boden weniger. Zum Glück hat Claire nur eine Katze und keinen Hund, ein Hund hätte meine Angst auf hundert Kilometer gerochen.

Ich muss in ihre Wohnung, ich muss wissen, was sie fühlt und was sie denkt! Wenn ich hinter dieser Tür bin, werde ich ihren Laptop einschalten, das Passwort ›Sheila‹ eingeben und all ihre Fotos und Mails durchforsten. Und ich werde ihr Tagebuch aus dem Bambusregal nehmen und gewissenhaft lesen. Das Buch ist leicht zu finden: Es ist leuchtend orange und voller goldener Verzierungen, ihre Tante hat es ihr aus Bali mitgebracht. Zeit bleibt mir genug, denn nach dem Einkaufen geht Claire immer ins ›Café Crêpes‹, da mittwochs der Café-Besitzer nicht da ist und sie sich in aller Ruhe bedienen kann.

Endlich stehe ich vor ihrer Wohnungstür. Wie es dahinter aussieht, weiß ich genau: Zweimal war ich hier, leider immer nur viel zu kurz.

Ich halte den Atem an und lausche. Vielleicht sitzt sie gerade vor ihrem Laptop und hämmert erste Ideen für unser Buch in die Tasten? Aber dann wäre das Klappern ihrer Tastatur zu vernehmen, doch da ist nichts, kein Geräusch, ich höre nur Stille. Das Einzige, was mir in den Ohren klingt, ist dieses grässliche, glockenhelle Pfeifen. Restalkohol, welch überflüssige Erfindung.

Moment: Sie könnte tot in ihrem Bett liegen – Herzversagen, friedlich im Schlaf entschlafen, traurigschön wie Dornröschen?

Blödsinn! Ich muss hinein, Prinz oder Stalker, ich muss hinein! Langsam drücke ich den Griff der schweren Holztür nach unten. Ich wusste es: Sie ist nicht abgeschlossen, die Tür öffnet sich einen Spalt. Grinsend denke ich, in einer Vorabend-Serie würde jetzt jemand kommen, genau in diesem Moment, und ...

Plötzlich höre ich Claires Stimme! Ich höre sie sprechen, lachen, und da sind ihre Schritte, sie geht durch ihre Wohnung!

Reflexartig ziehe ich die Klinke wieder nach oben. Wieso ist sie noch da? Mittwochs ruft Claire doch zuerst mich an, dann ihre Tante und anschließend geht sie einkaufen. Was ist denn heute anders?

Ihre Stimme wird lauter, sie kommt näher. Jetzt steht sie keinen Meter von mir entfernt, nur eine Holzwand trennt uns voneinander! Blitzschnell springe ich, so leise ich kann, zwei Schritte zur Seite und ducke mich hinter den Stapel Bistrotische. Ich bekomme kaum noch Luft. Bin ich hier in Sicherheit?

Die Türe öffnet sich, ich höre Claires Stimme, wage aber nicht, sie anzuschauen, denn dazu müsste ich mich aufrichten und sie würde mich entdecken.

»Nein, er kommt nicht mit, aber heut' Abend treff' ich ihn«, sagt sie, »da fangen wir sofort mit unserem Buch an.«

Sie klingt euphorisch, sie spricht über mich! Ich muss sie sehen, ich muss!

Vorsichtig linse ich über den obersten Tisch. Da ist sie: Claire! Sie dreht mir ihren Rücken zu, um die Tür hinter sich zuzuziehen. In der Hand hält sie ihr Handy, mit dem sie die ganze Zeit weitertelefoniert. Ihre langen, dunklen Haare sind hochgesteckt und sie trägt auffallende, lindgrüne Ohrringe. Mein Blick wandert unverblümt über ihre atemberaubende Figur. Ein eiskalter Schauer rast mir den Rücken herunter und sämtliche Nackenhaare richten sich senkrecht in die Höhe.

»Nein, das wird kein Roman, nur so ein kleines Büchlein, das überall neben der Kasse liegt«, fährt sie fort.

Claire telefoniert noch mit ihrer Tante, heute wohl länger als sonst. Gleich ist sie bei der Treppe.

»Danke übrigens für den Schlüssel, die Tickets und die Hammer-Überweisung«, sagt sie und lacht, »davon besorg' ich mir das krasseste Teil, das ich finden kann!«

Wie sie das ›R‹ rollt, wie sie lacht! Wie sie mit der linken Hand ihre hochgesteckten Haare zurechtrückt, wie sie das Handy hält! Außerdem dieses lindgrüne Top: Sie hat es auf ›ihrer‹ Insel gekauft, es zeigt viel von ihrem Rücken, ebenso von ihrem Bauch. Und sie trägt einen engen, dunkelgrünen Rock, knielang, mit weißen Streifen. Wenn wir zusammen sind, trägt sie nie solch einen Rock, dabei steht er ihr fantastisch. Und diese Stiefel! Obwohl es Sommer ist, trägt sie lange, dunkle Wildlederstiefel. Ich bekomme Hitzewallungen, und das, obwohl ich erst sechsunddreißig bin!

Noch eine Stufe und sie verschwindet aus meinem Blickfeld. Kurz davor konnte ich in ihre Augen sehen – es ist, als schaue man in die Augen von ›Ra‹, jenem sonnengottähnlichen Wesen in Roland Emmerichs Stargate-Film – einen winzigen Moment in diese Augen geblickt, schon gefriert einem das Blut und man hört auf zu atmen, zu existieren.

»... und alles, was ich mit DJ erlebt habe, kommt in das Buch«, dringt von Weitem Claires Stimme zu mir, »Rrrrobert textet und ich mach die Grafik.«

Lautlos verlasse ich mein Versteck und schleiche zur Treppe. Jetzt höre ich sie wieder besser. Noch ein Stockwerk und sie ist im Erdgeschoss.

»Ich freu mich schon auf DJs Gesicht, wenn er das Buch liest«, erklärt sie, »ich werd's ihm persönlich vorbeibringen und warten, wie bescheuert er aus der Wäsche glotzt. Ich glaub, ich fotografier ihn dabei und häng mir das Foto übers Bett.«

Claire muss unten im Foyer sein, ihre Stimme klingt auf einmal stark verhallt. Schließlich ist das Geräusch einer Tür, die geöffnet wird, zu hören. Der Stadtlärm schwillt an.

»Wenn ich gute Ideen hab, bleib ich länger und er kann einfach nachkommen«, höre ich noch, dann bricht alles Weitere ab, denn die Eingangstür schließt sich wieder.

Vorsichtig schleiche ich zu einem der winzigen Dachfenster. Da unten geht sie, eine leuchtende, lindgrüne Gestalt in der gleißenden Sonne. Nur die Wildlederstiefel passen nicht zum Sommer, aber wer achtet bei Claires Erscheinung schon auf nichtige Nebensächlichkeiten?

Am Ende der Gasse verschwindet sie in einem Laden, in dem es die ›witzigsten‹ Sonnenbrillen der Stadt zu kaufen gibt. Klar: Es ist Sommer und Sonnenbrillen stehen ihr atemberaubend gut.

Plötzlich ist es wieder still im Haus, es ist die Stille nach dem Sturm.

Wieso spukt ihr immer noch dieser DJ im Kopf herum? Und welche Tickets meint sie? Immerhin denkt sie an mich beziehungsweise unser Buch-Projekt. Trotzdem: Ich muss so viel wie möglich über sie herausbekommen, kein anderer Mann auf diesem Planeten soll auch nur die geringste Chance mehr bei ihr haben! Nur Wissen ist Macht.

Leise gehe ich zurück zu Claires Wohnungstür. Ich öffne sie ein Stück und kann einen ersten Blick in ihr Zimmer werfen: Ich sehe, dass auf dem Sofa mit dem sonnengelben Bezug mehrere Blusen liegen, alle fein säuberlich gestapelt, und dass auf dem Boden Blümchen-Flipflops stehen, die neu sein könnten.

Eben will ich die Tür ganz aufschieben, da höre ich plötzlich ein bitterböses, gemeines Zischen. Ich blicke nach unten, und da sitzt Sheila! Das fette Monster hockt mit aufgerichteten Nackenhaaren direkt hinter der Tür und blockiert den Eingang! Sie faucht mich bitterböse an und es ist, als könnte ich den fauligen Gestank ihres hässlichen Rachens riechen. Ich schließe augenblicklich die Tür und überlege: Ein dämliches Schmusetier versperrt mir den Weg ins Paradies! Das kann ja wohl nicht sein, das ist eine dämliche Katze und keine Bulldogge! Ich drücke erneut den Türgriff, doch sofort faucht sie wieder, kalt und aggressiv.

Was jetzt? Die Alukugel! Auch Monster wollen spielen!

Ich gehe in die Hocke, öffne die Tür erneut, das schwarze Untier zischt mich an und zeigt mir die Zähne. Blitzschnell werfe ich den silbernen Ball ins Zimmer, flüstere ängstlich:

»Los, geh' spielen, das hat dir Frauchen gemacht, es riecht noch nach ...« Doch weiter komme ich nicht, denn in dem Moment, als meine Hand in die Nähe des Monsters gerät, schießt seine Pranke hervor und verpasst mir auf meinem Unterarm einen langen, schmerzhaften Kratzer. Ich gebe einen Schrei von mir und schließe reflexartig die Tür. Dieses Miststück! Sheila hasst mich, ich habe es schon immer gewusst – das Katzenvieh hasst mich!

Ich muss in Claires Wohnung, ich muss! Erneut öffne ich die Tür, doch das fusselige Monster versperrt mir immer noch den Weg, plustert sich dabei auf und faucht böse.

»Hör mal«, versuche ich es mit vertrauenerweckender Kommunikation, »ich muss in diese Wohnung, ich muss wissen, was dein Frauchen über mich denkt, sonst werde ich noch wahnsinnig!«

Um Sheila zu verdeutlichen, wie fertig ich bin, zeige ich ihr meine zitternde Hand. Doch die hässliche Pranke des Viehs schießt erneut vor und verfehlt mich nur knapp. Erschrocken schließe ich wieder die Tür. Dieses neurotische, nutzlose Schmusemonstrum! Da hat es freien Zugang zu Claires Bett, jede Nacht, aber mich lässt es nicht mal ins Wohnzimmer! Wer am Ziel aller Wünsche ist, sollte das Teilen nicht vergessen!

Ein letztes Mal will ich den Türgriff herunterdrücken, doch aus dem Inneren dringt mir sofort das Fauchen der Höllenbestie entgegen. Gedemütigt gebe ich auf und trete den Rückzug an. Ich kann nur hoffen, dass die silberne Alukugel, die sich nun in Claires Wohnzimmer befindet, unter das Bambusregal oder das Sofa gerollt ist – Claire könnte sie entdecken und auf die Idee kommen, ich würde sie stalken, was für ein absurder Gedanke.

Lautlos verlasse ich die Galerie. Auch diesmal bemerkt mich die junge Frau im Hof nicht. Meine grässliche Verletzung hat bereits zu bluten aufgehört.

Ich setze mich in meinen glühend heißen Saab und fahre nach Hause. Diesmal nehme ich eine schmale Straße, die mitten durch Obstgärten, kleine Wälder und vornehme Siedlungen führt. Hätte ich nach meiner Schulzeit einen normalen, vorgezeichneten Lebensweg gewählt, könnte ich jetzt auch hier wohnen – mit einer stinknormalen Frau, zwei stinknormalen Kindern, einem stinknormalen Hund, aber ganz bestimmt keiner Katze!

Je weiter ich mich vom Esslinger Tal entferne, desto düsterer wird meine Stimmung. Wie komme ich dazu, Claire ausspionieren zu wollen? Andererseits scheine ich, geradezu krankhaft, eine Bestätigung zu brauchen, dass ich ihr etwas bedeute – ich lechze nach Claires Anerkennung, dafür opfere ich alles. Wieso nur?

Minuten später taucht vor mir auf dem Hügel die berühmte Silhouette des Stuttgarter Fernsehturms auf. Immer wenn ich diesen Turm sehe, fühle ich mich zu Hause. Langsam steigt meine Stimmung wieder. Ich beschleunige den Wagen, schalte das Radio ein und muss grinsen, denn gerade läuft der Remix von ›Waves‹. Ich weiß nicht, von wem dieser grandiose Song ist, aber er passt.

Die Hitze wird immer drückender. Mir brummt der Schädel und ich bin nicht mehr in der Lage, einen klaren Gedanken zu fassen. Wahrscheinlich sollte ich weniger trinken, drei Aspirin C zum Frühstück sind einfach Gift für das Hirn.

Zu Hause schließe ich sämtliche Fensterläden, mache mir den ersten Kaffee des Tages und rufe Sina an, die beste Freundin von allen.

Doch anstatt mich wegen der heimtückischen Katzenattacke zu bedauern, findet Sina meinen versuchten

Einbruch in Claires Wohnung ›absolut unmöglich‹. Dass Claire nichts für mich sei, glaubt sie schon lange, aber dass ›diese Studentin‹ einen schlechten Einfluss auf mich habe, dürfe ich nicht zulassen. Um das Thema zu wechseln, erkläre ich Sina, ich werde den Jugendroman, in dem eines ihrer vier Kinder vorkommt, nun doch nicht schreiben. Sina lacht und erwidert, sie glaube nicht, dass es jemals etwas geben könne, was mich vom Schreiben abhält.

Wir reden noch ein bisschen, dann lege ich auf.

Manche Menschen können einem, nur durch ein paar Worte am Telefon, die Seele heilen. Sina ist solch ein Mensch – sowohl sie als auch mein Uraltfreund Frederik werden immer für mich da sein, lebenslänglich. Das ist gut zu wissen.

Kurz darauf meldet sich einer meiner Filmstudenten. Wir sprechen über sein Drehbuch und ich mache ihm Vorschläge, wie man in seine Geschichte ein paar unerwartete Wendungen einbauen kann. Ganz nebenbei frage ich ihn über Claire aus, doch leider kennt er sie kaum, Claire war nur selten an der Akademie. Gleich darauf schlafe ich eine Stunde und tigere dann gut hundert Mal zwischen Küche und Arbeitszimmer hin und her. Plötzlich nichts mehr zu haben, an dem ich schreibe, ist schon ein eigenartiges Gefühl.

Endlich ist es Abend und Frederik schaut vorbei.

Frederik taucht meist unangemeldet auf, meine Wohnung liegt auf dem Weg von seinem Büro zu ihm nach Hause. Seit Ende der Schulzeit wohnen wir immer nur wenige Häuser voneinander entfernt – Frederik ist nicht nur der beste Freund von allen, er kennt mich auch ziemlich gut, um nicht zu sagen viel zu gut.

Wie fast jeden Abend kommt er über die Terrasse und steht plötzlich vor meiner Küchentür. Ich öffne, und er setzt sich auf ›seinen‹ Stuhl, übrigens derselbe, den Claire immer für sich beansprucht. Ich stelle uns etwas zu trinken auf den Tisch und erwarte, dass er mir von seinem aktuellen Bauprojekt erzählt. Doch der beste Freund von allen schaut mich nur an und erklärt, ich würde ihm kein bisschen gefallen, ich sehe ›zu glücklich‹ aus, um nicht zu sagen: ›hirnverbrannt glücklich‹. Ich weiß sofort, was er meint, und so lenke ich das Gespräche schnell auf unsere nächste Reise mit Gerd, dem Dritten in unserem Männerbund.

Nach einer Stunde geht Frederik.

Zum Abschied wirft er mir einen seiner grässlich-wissenden Blicke zu und, wenn ich ehrlich bin, weiß ich genau, was er denkt:

Nie mehr verliebt – Tagtraum 11

Alle haben's gewusst
Alle haben's gewusst, nur du wolltest nicht hören!
Alle haben dir gesagt:
Sie ist nichts für dich, sie liebt dich nicht, sie wird dich nie lieben, sie liebt einen anderen, was findest du überhaupt an ihr und so weiter, das volle Programm.
Deine wahren Freunde werden dich mit ihren Fragen nerven, Tag und Nacht.
Und du? Ganz einfach: Du suchst dir neue Freunde, umgehend. Du lässt nur noch Menschen in dein Leben, die dir zunicken, dich bestätigen und dich nicht kritisieren. Vor allem suchst du dir solche Personen, die dir versichern, dass sie das Beste ist, was dir im Leben je passiert ist.

Vorteil:
Du wirst nur noch das anziehen, was deine Angebetete für dich raussucht:
Du wirst die Hemden tragen, die sie an dir mag, die Hosen, die Unterhosen, die Schuhe, die Socken, die Frisur, das Parfum und du wirst reden, fühlen und denken wie sie. Ihr werdet in eine andere Stadt ziehen und du wirst neue Freunde haben, ihre Freunde.

Nachteil:
Ein Leben ohne Freunde, ohne richtige Freunde, ist deprimierend. Wenn dir diese wenigen Menschen nicht sagen, was falsch läuft, wer sagt es dir dann? Der liebe Gott?
Das wäre unter Umständen etwas spät.

Nachts, drei Uhr irgendwas

Noch in der Nacht schrecke ich hoch.

Drei Uhr irgendwas.

Verschlafen schleppe ich mich ins Erkerzimmer und setze mich auf meinen Bürostuhl. Ich klappe den silbernen Laptop auf und stelle fest, dass er komplett ausgeschaltet ist. Normalerweise leuchtet mir sofort die letzte Textstelle entgegen, an der ich gearbeitet habe. Unschlüssig blicke ich auf den toten, schwarzen Bildschirm. Genau: Ich will nicht mehr schreiben, was eigentlich schade ist, denn zu Beginn des Romans hatte die 16-jährige Nika sich in Luka verliebt, was der aber nicht kapiert und sich wie ein Vollidiot verhält. Nika schwört, diesen Affen nie wieder sehen zu wollen, da trifft sie ihn erneut, im Tonstudio, wo sie mit ihm einen Song aufnehmen soll. Also müssen die beiden in eine winzige Tonkabine und während sie merken, dass ihre Stimmen perfekt zusammenpassen und sie in einen richtigen Rausch geraten ...

Schluss damit! Die beiden Teenies werden nie ein Paar, ich hauche ihnen kein Leben ein! Da schieben sich, trotz der guten Vorsätze, meine Finger über die schwarzen Tasten und tippen los. Worte entstehen, Sätze formen sich, Szenen beginnen – unendliches Glück schießt durch mich hindurch. Doch vom Geschriebenen bleibt nichts bestehen, denn es ist keine Technik eingeschaltet, um das Erdachte festzuhalten.

Ich halte inne und starre auf den Bildschirm. Er ist dunkel, dunkel wie die Nacht. Das ist auch gut so – meine Angst, das Geschriebene könnte abgelehnt werden, ist einfach zu groß.

Ich klappe den Laptop zu und stehe auf. Meine Entscheidung ist gefallen: kein Schreiben mehr. Claire ist real, Nika nur Fiktion.

Eine Minute später sitze ich auf der Bordsteinkante vor meiner Wohnung.

Hier kreuzen sich zwei Straßen und man hat einen guten Überblick, was in der unmittelbaren Umgebung passiert. Dass ein erwachsener Mann nachts auf dem Gehweg vor seinem Haus sitzt, ist die Nachbarschaft schon gewohnt – ein Künstlermensch, wie ich einer bin, ist immer etwas seltsam, Hauptsache, er ist harmlos und macht keinen Lärm oder gar irgendwelchen Dreck.

Meine nackten Füße berühren den warmen Asphalt

der Fahrbahn, der großzügig die Hitze des Tages zurückgibt. Zu sehen ist niemand, nicht einmal der Marder, der dieses Viertel für sich beansprucht und mich sonst immer, unter eines der parkenden Fahrzeuge geduckt, mit glühenden Augen fixiert. Der Wind ist mild und die Geräusche der Stadt haben nachgelassen, nur ein leises Rauschen ist aus Richtung des Talkessels zu hören. Eigentlich müsste ein ganzer Himmel voller Sterne zu sehen sein, doch die ordentlich aufgehängten Straßenlampen mit ihrem diffusen, orangen Licht verhindern das. Ich liebe diese Stimmung: Die Welt steht still und bemerkt mich nicht.

Genau gegenüber steht eines der schönsten Häuser der Stadt. Es ist riesig, dafür ist der Garten relativ klein. Ein erfolgreicher Unternehmer hat die Villa gebaut und nun, nach seinem Tod, lebt nur noch seine Witwe in dem Anwesen. Ich frage mich oft, ob die Frau es genießt, allein in dem Haus zu wohnen, ohne störenden Mann. Claire würde sicher gern in so einem Haus wohnen, sie und ihre überflüssige Katze.

Nichts passiert.

Langsam werde ich müde.

Ich schaue hinüber zum Fernsehturm. Die weißen Strahlen der Scheinwerfer, die, vom Turm kommend, durch den nächtlichen Himmel gleiten, kennt jeder in unserer Stadt. Im Frühjahr, als der Schluss von Nikas

Geschichte einfach nicht entstehen wollte, saß ich ebenfalls an dieser Kreuzung. Dann plötzlich schrieb sich der Roman wie von selbst: Hier, am Fernsehturm muss Nika sich entscheiden – macht sie Karriere als Sängerin und verkauft ihre Seele oder bleibt sie sich treu? Nika bleibt sich natürlich treu, komme, was wolle. Nika ist stärker als ich.

Plötzlich nähert sich ein Polizeiwagen. Das Fahrzeug wird langsamer, gleißendes Licht sticht mir in die Augen, der Wagen passiert die Kreuzung, ich sehe die Silhouette der beiden Beamten, beide schauen zu mir her – da beschleunigt das Polizeigefährt und ist weg.

Ja, was war denn das?! Keine Kontrolle? Oder wenigstens das Fenster heruntergedreht, die Taschenlampe angeknipst und herrisch gefragt, was ich hier nachts zu suchen habe? Stattdessen Desinteresse? Sehe ich so harmlos aus? Oder so hoffnungslos verliebt? Vielleicht haben die Beamten mich deshalb so mitleidig angesehen: Ich stelle keine Gefahr dar, ich bin einfach nur ganz grässlich verliebt.

Trotzdem hätten die Beamten mich nicht ignorieren dürfen! Ich bin auch nur ein Mensch, dazu ein höllisch sensibler! Wie jeder Mensch brauche ich Aufmerksamkeit, Anerkennung, Liebe – das müssten die doch wissen! Besonders jetzt, wo meine Angst, Claire könnte mich ablehnen, von Stunde zu Stunde wächst. Und erst die

Angst, dass mein Roman, wenn er erst einmal in den Buchläden steht, von der Kritik zerrissen wird! Was, wenn niemand meine Absicht erkennt, die jungen Leser davon abzuhalten, für fünf Minuten Ruhm die Schule abzubrechen? Nein: Bevor ich mich fertigmachen lasse und mir die Kugel gebe, bleibt Nika in der Schublade. Meine Entscheidung ist klar: Kein Schreiben mehr, stattdessen arbeite ich Vollzeit an der Akademie, habe ein regelmäßiges Einkommen und werde Familienvater. Mit Claire als Frau und Mutter einer großen, glücklichen Kinderschar. Ich werde mir eine hässliche Familienkutsche leasen, eine viel zu teure Wohnung mieten und einen Hund kaufen, und zwar so einen, der fürchterlich gerne Katzen beißt. Am besten, ich kaufe gleich zwei solcher Hunde, oder drei oder vier.

Neues Leben, ich komme! Morgen ist der große Tag, morgen passiert ›es‹.

Mit klopfendem Herzen springe ich auf und eile zurück in meine Wohnung. Den Fernsehturm würdige ich keines Blickes.

In der Nacht schlafe ich nicht sonderlich gut, aber das wird sich bald ändern.

Donnerstag, der große Tag

Ohne dass der Wecker klingelt, wache ich auf.

Es ist kurz vor sieben. Ich dusche, mache den ersten Kaffee des Tages und denke glücklich: ›Heute wird ein guter Tag.‹

Dann setze ich mich auf die Terrasse, genieße die kühle Luft und bereite den Filmunterricht für das Herbstsemester vor. Anschließend gehe ich zurück in die Wohnung und sammle sämtliche Konzeptzettel ein, die beim Schreiben meines Jugendromans entstanden sind. Am Ende ist der Papierstapel, den ich in die grüne Tonne werfe, beeindruckend groß. Als ich mit leeren Händen meine Wohnung betrete, habe ich das Gefühl, einer unermesslichen Last entkommen zu sein, denn ich muss mich nie wieder durch eine Geschichte quälen – ich bin frei, endlich frei!

Ich telefoniere kurz mit Frederik, dann beginne ich mit den Vorbereitungen für das große Essen:

Hähnchenfilet schneiden und mit Öl, feinen Gewürzen und asiatischer Fischsoße marinieren, französischen Sahnequark mit Sherry versetzen und die Großfamilienpackung Kinderschokolade testen.

Schließlich bereite ich das Schlachtfeld vor, auf dem sich heute Abend alles abspielen wird. Dazu bedarf es mehrerer Hilfsmittel der weltweit so erfolgreichen, deutschen Reinigungsindustrie. Allein der Gedanke an die kommenden Freuden erhöht meinen Pulsschlag, es ist, als schaue man einen Hitchcock-Film an und kann es kaum erwarten, bis der Mord oder der Kuss endlich geschieht – die hinausgezögerte Vorfreude ist immer spannender als der Moment, wenn es tatsächlich passiert.

Also dann, auf in die Schlacht:

Nie mehr verliebt – Tagtraum 12

Schlachtfeld
Stürze dich, um die letzte Ex zu vergessen, umgehend in ein neues Abenteuer.
Triff dich zweimal mit der Neuen, doch lade sie, für das alles entscheidende dritte Date, nicht in ein Lokal, sondern zu dir nach Hause ein.
Koche ihr etwas, aber koche leicht, keinen Braten mit Knödel und Grünkohl oder Ähnliches. Wichtiger noch: Mach dein Zuhause zum Schlachtfeld und gib jedem Ort deiner Wohnung eine zielgerichtete Aufgabe.

Erstens: Die Küche.
Kredenze auf dem frisch geölten Kirschholz-Küchentisch einen ersten, unverbindlichen Aperol Sour. Überlege dir vorher, über was ihr redet. Wenn du vergesslich bist, mach eine Liste und platziere sie hinter der geschmackvollen Schale mit Früchten, die unübersehbar neben dem Herd steht.

Zweitens: Das Esszimmer.
Dort wird gegessen. Lege Deckchen unter die Teller, poliere das Besteck und stelle eine Kerze auf. Doch räume alle Dinge, die ein Mann niemals selbst kaufen würde, umgehend aus ihrem Sichtbereich.
Was muss alles weg:
Die wunderschönen Stoffservietten mit dem wunderschönen Rosenmuster (Geschenk der drittletzten Ex), die Salatschüssel aus Glas mit dem passenden Salatbesteck (Geschenk der letzten Ex), sowie das orange, indische Tuch über der Lampe (auch von irgendeiner Ex). Alles unmännlich, weg damit.
Wichtig: Hänge sämtliche Urlaubs-, Hochzeits- und Weihnachtsfotos deiner Verflossenen von der Wand und entferne alle ›an mein Bärchen‹-Postkarten vom Kühlschrank. Ein Strauß wunderschöner, bunter Blumen auf dem Esstisch würde dein neues Date natürlich freuen, jedoch deine Absicht zu offensichtlich verraten. Also keine Blumen.

Drittens: Das Wohnzimmer.
Auf der Couch vor dem Fernseher lege eine DVD von ›Sex and the City‹. Die schaust du dir aber auf keinen Fall mit ihr an, stattdessen lässt du Musik laufen – natürlich nur solche, die sie mag.

Und ganz wichtig: putze! Dazu gehört:
staubsaugen (auch die Ecken mit den Spinnennetzen), Küchenmöbel abwischen, Generalsäuberung des Abfalleimers (wenn sie etwas findet, was sie wegwerfen will, bedeutet das, sie will den Abfalleimer inspizieren) und schließlich und endlich: Wische, putze und schrubbe das Bad und die Toilette.
(Männer: Eine Großpackung WC-Reiniger in die Kloschüssel geschüttet und dann schnell spülen genügt nicht. Eine Kloschüssel will überall, außen und innen und an der Seite und hinter den Scharnieren und auf und unter der Brille und dem Deckel geputzt und mit einem sauberen, feuchten Tuch nachgewischt werden. Mann muss tief sinken, um Frau zu erobern.)

Und schließlich und endlich:
duschen, Haare waschen, Hemd bügeln, sowie Vollrasur, einschließlich ›da unten‹.
Wie gesagt:
Bereite dein Schlachtfeld sorgsam vor und habe einen präzisen Schlachtplan, wann ihr wo seid und was ihr da genau macht.

Vorteil:
Auch wenn sie nicht kommt (und du auch nicht), hast du eine Wohnung, die aufgeräumt, geputzt und von den Erinnerungen der Ex-Freundinnen befreit ist. Das allerdings hättest du schon längst machen sollen.

Nachteil:
Sie wird sich trotzdem in den letzten, dämlichen Schnarchzapfen verlieben, der in seiner winzigen, unaufgeräumten Wohnung schlechten Wein serviert und dabei nur wenig redet – einfach, weil ein hilfloser, vollkommen verplanter Mann sie hemmungslos anturnt.
Das allerdings ist dann wieder mal ziemlich deprimierend.

Es ist kurz nach eins.

Meine Wohnung ist erschreckend sauber, zielorientiert sauber.

Ich setze mich auf die Terrasse und gönne mir den zweiten Kaffee des Tages. Der Himmel ist makellos blau, die Luft flimmert, die Hitze ist allgegenwärtig und wird noch steigen, so viel ist gewiss.

Vor einem Jahr saßen Claire und ich auch hier draußen, Nacht für Nacht. Stundenlang arbeiteten wir an Claires Diplomarbeit und ich formte alles, was sie mir von DJ, ihrem Ex, erzählte, in kleine Geschichten um. Den besten Texten gab sie eine grafische Gestalt und unterlegte sie mit kindlich bunten Ornamenten. Ein Teil davon soll auch in ihre Bewerbungsmappe kommen, aber noch hat sie sich nicht bei einer Agentur beworben, sondern jobbt im Café und lässt sich von ihrem Vater unterstützen.

Plötzlich klingelt das Telefon. Nein, das ist jetzt nicht wahr, oder? Es ist kurz nach eins, das kann nur Claire sein! Wenn sie es wirklich ist, dann sagt sie ab, todsicher! Und mein Traummenü? Wird Frederik es bekommen? Ich höre jetzt schon seinen ironischen Kommentar, wie rührend er es findet, dass ich ihn so liebevoll bekocht, den Tisch so romantisch gedeckt und mich für ihn so jugendlich gestylt habe. Ich muss irgendetwas sagen, jetzt!

»Robert?«, melde ich mich ängstlich.

»Hallo, Rrrrobert«, tönt eine mir sehr, sehr vertraute Stimme aus dem Hörer, »hör mal!«

Sie ist es! Mist! Nein, wunderbar! Nein, nicht gut. Mir wird schlagartig heiß, sehr heiß.

»Was, wie?«, antworte ich belämmert.

»Hör mal!«, flüstert sie.

Ich kann ein leises, rhythmisches Brummen vernehmen, mein klopfendes Herz klingt anders.

»Ein Bär?«, murmle ich.

»Rrrrobert! Bist du grad erst aufgestanden?«, fragt sie lachend.

›Nein, ich bin schon lange wach‹, denke ich empört, ›du bist gerade erst aufgestanden, du!‹

Doch das ver-kneife ich mir. Diese Frau darf alles bei mir, alles.

»Rrrrobert, bist du noch da?«, fragt Claire.

»Ja, klar, ich, äh ...«, antworte ich.

»Ich hab eine Katze! Fünf Wochen alt«, ruft sie begeistert.

»So jung?«, erwidere ich und finde meine Frage einigermaßen intelligent.

»Aus dem Tierheim! Eigentlich hab ich sie drei Wochen zu früh geholt, der kleine Mann vermisst noch seine Mutter, aber er ist sooo süß«, säuselt sie.

»Und Sheila?«, frage ich, schließlich war sie bislang »sooo süß«. »Den Kleinen hab ich wegen Sheila geholt, damit sie nicht so allein ist, wenn ich unterwegs bin«, erklärt sie, »der ist noch richtig verschmust.«

›Halt!‹, brülle ich in meinem Kopf, ›ich bin auch verschmust! Kraule mich an meinem Ohr, an meinem Knie, am großen Zeh! Kraule mich, wo immer du willst!‹

Ich höre, wie ein Feuerzeug entzündet wird. Dann höre ich das leise Knistern, als das Feuer den ersten Tabak verbrennt. Schließlich höre ich, wie jemand einatmet, ich höre, wie sie einatmet.

»Du rauchst!«, sage ich voller Neid.

Claire lacht. Ich schmelze augenblicklich dahin, auch ohne gleißende Sonne. Dann springe ich auf und hetze in die Küche, durch den Flur ins Wohnzimmer und zurück auf die Terrasse. Ich muss mich bewegen, rein und raus, wie ein Getriebener, hin und her.

»Komm, wir rauchen jetzt eine zusammen und überlegen uns, wie wir dein Patenkind nennen! Ich will nämlich, dass der kleine Mann dein Patenkind wird«, flüstert sie liebevoll.

Ich willige ein und murmle, benebelt vom Gedanken an ihre Lippen, so bescheuerte Namen wie ›Linus‹ oder ›Frau Maier‹ oder ›Delmenhorst‹. Claire lacht und fragt noch einmal, seit wann ich wach sei.

Als ich höre, dass sie irgendwas trinkt, nippe ich auch am Kaffee und sehe, wie Claire trinkt, langsam, immer nur einen kleinen Schluck. Ich sehe, wie sie die Tasse hält und sich dann die schwarzen Haare aus dem Gesicht streift, um anschließend einen Zug aus der Zigarette zu nehmen, genussvoll langsam.

Und während sie erzählt, wie sie den ›kleinen Teufel‹ vom Tierheim geholt hat, drifte ich weg, weit weg – ich denke an die legendäre Folge von ›Friends‹, in der Ross eine Engländerin heiraten will und Rachel zur Hochzeit kommt, um die Hochzeit zu verhindern, doch Rachel kommt mal wieder zu spät und so hört sie nur noch wie Ross zu seiner Braut Emily sagt:

»I, Ross, take thee Rachel ...«

Plötzlich weiß ich, dass ich nie eine Frau heiraten werde, außer diese Frau heißt ›Claire‹ und ist stolze Besitzerin zweier süßer, putziger Katzen ...

»Rachel! Was sagst du zu Rachel?«, unterbreche ich plötzlich meinen eigenen Gedankenfluss. Sofort nennt Claire mich ›Dr. Alzheimer‹ und erinnert mich daran, dass der Kleine ein Kater ist, also männlich, also niemals eine ›Rachel‹ sein wird.

Nie mehr verliebt – Tagtraum 13

Zuhören
Sie sagt, sie macht Schluss, weil du ihr nie zugehört hast.
Wie, das ist alles? Dann gibt es keinen Grund, ihr nachzutrauern, keinen Grund, sie zu vergessen, denn du holst sie dir einfach zurück, das Problem ist schnell gelöst.
Hör zu:
Du gehst in einen Blumenladen und kaufst dort ihre Lieblingsblumen (sofern du ihr zugehört hast und weißt, welche das sind), überraschst sie an dem Abend, an dem sie immer zu Hause ist (sofern du ihr zugehört hast und weißt, welcher das ist), und du versprichst ihr, mit ihr an ihren Lieblingsbaum oder an ihren Lieblingsstrand oder in ihr Lieblingscafé oder sonst wohin zu gehen, wo sie gerne ist, (sofern du das noch weißt) und allem, was sie erzählt, voll und ganz zuzuhören.
Bei so viel Aufmerksamkeit und Einfühlungsvermögen und aufrichtigem Interesse an ihrer Person wird sie dahinschmelzen wie Eis in der Wüste. (Wie war das noch mal: Liebt oder hasst sie jetzt die Wüste?)
Wenn das nicht klappt, dann versuch wenigstens bei der Nächsten so zu tun, als würdest du ihr zuhören. Sonst wird auch die Nächste ganz schnell deine Ex.

Vorteil:
Mit der Zeit lernst du, im richtigen Moment »ja« oder »nein« oder »ist ja unglaublich« zu sagen. So gelingt es dir, den Leuten zuzuhören, ohne wirklich zuhören zu müssen.
Gelingt dir das, so wird das eine große Gnade für dich sein: Die Leute reden eine Menge Mist.

Nachteil:
Wenn sie dir erneut sagt, sie macht Schluss, hast du das mal wieder nicht mitbekommen. Das ist eigentlich von Vorteil, allerdings wird sie es so oft wiederholen, bis du es nicht mehr überhören kannst.

»Rrrrobert, ich bin froh, dass bei uns alles wie immer ist«, reißt sie mich aus meinen Gedanken, »aber jetzt sag doch mal was zu Marlies! Wie kann die so was behaupten?«

Wieso ist alles wie immer? Und was hat Marlies behauptet? Marlies ist ihre Vermieterin, so viel weiß ich gerade noch. Der Galeristin gehört das Haus, in dessen Dachgeschoss Claire wohnt. Ich glaube, ich war in jüngerer Zeit mal dort.

»Das ist doch das Letzte! Wie würdest du denn reagieren?«, fragt sie nachdrücklich.

Wie, zum Henker, soll ich das wissen? Claire soll sprechen, ich liebe ihre Stimme mit dem fränkischen Einschlag, aber Claire soll nicht fragen. Besonders dann nicht, wenn ich mal wieder nicht zugehört habe. Ich würde das ja nie zugeben, aber ich höre den Menschen des Öfteren nicht zu. Also schnell, bevor ich mich komplett blamiere, eine dummdreiste Frage stellen. Am besten zu ihrem neuen Lover:

»Was ist eigentlich mit Mauro? Wann seht ihr euch?«, frage ich.

»Mauro? Keine Ahnung, wann wir uns wieder treffen«, erklärt sie, »aber ich hab ihm gleich gesagt, dass ich nur einmal pro Woche Zeit für ihn hab. Morgen, am Freitag, sehen wir uns nicht, da will Garry Fotos von mir machen, für seine Internetseite. Dabei wollte ich mal einen Tag allein sein und an unserem Buch arbeiten.«

›Oder mit Mauro vögeln‹, schießt es mir durch den Kopf, doch ich bin froh, es nicht gesagt zu haben. Trotzdem ärgert mich, dass für sie alles so wie immer ist. Sie klingt geradezu fröhlich! Und ich? Merkt sie überhaupt nicht, was mit mir los ist? Oder will sie das nicht merken?

Ich höre, wie sie den Rauch aus ihren Lungen bläst. Claire klingt unverschämt glücklich.

»Du, Rrrrobert, deine Buchidee hat mich total euphorisch gemacht! Ich fühl' mich wie vor einem Jahr, als wir bei dir auf der Terrasse saßen. Bis um drei war ich auf und hab versucht, meinen Scanner einzurichten. Wenn der Scanner funktioniert, dann leg ich richtig los! Das wird krass, Rrrrobert! Wir machen das, wir machen ein tolles Buch! Ich hab sogar schon was!«

Sie hat schon was? Ich muss mich sofort hinsetzen und auch irgendetwas schreiben.

»Ich nehm' einfach die Geschichte mit der Fischsuppe. Du weißt doch noch: Sie schüttet Fischsuppe in die Klimaanlage seines Cabrios! Die Geschichte von meiner Diplomarbeit!«

Richtig! Ich hatte Claire erzählt, dass mir die Nachbarn in meiner alten Wohnung ein rohes Ei auf die Kühlerhaube geworfen hatten, nur weil ich mal da parkte, wo sie sonst immer ihren Wagen abstellen. Claire erinnerte dies an ihren Ex und so kam sie auf die Fischsuppe-in-die-Klimaanlage-schütten-Geschichte. Ein bisschen unlogisch bei einem Cabrio, aber egal.

»Toll! Die erste Geschichte haben wir schon! Ich schreib heute noch was, du wirst sehen«, verspreche ich kühn.

Und dann erzählt sie mir eine Menge Dinge, die ich eigentlich nicht hören will: Sie versichert mir, dass sie kaum noch an DJ denken muss, und dass sie Mauro körperlich weniger anziehend findet als DJ, und wenn sie nicht will, dann will sie nicht, das müsse Mauro akzeptieren. Im Gegensatz zu Mauro findet sie den neuen Praktikanten vom Apple-Laden richtig ›süß‹, vor allem wenn ›der blutjunge Kerl‹ sich bemüht, ihr Scanner-Problem zu lösen. Während sie weiterredet, höre ich, wie Claire ihre namenlose, genüsslich brummende Katze durch ihr

Zimmer trägt. Dann ist das Geräusch einer Flüssigkeit zu hören, die in eine Tasse gegossen wird. Anschließend ein ähnliches, sehr viel leiseres Geräusch. Claire trinkt ihren Kaffee mit Milch, sehr viel Milch. Schließlich geht sie zurück und setzt sich auf ihr Sofa mit dem sonnengelben Bezug. Schaut man vom Sofa aus nach links, bemerkt man dort ein Bambusregal, in dem ein leuchtend oranges Buch mit goldenen Verzierungen steht. Dreht man sich nach rechts, so entdeckt man einen Türrahmen, an dem dunkel- und hellgrüne Schnüre hängen. In südlichen Ländern halten diese bunten Schnüre lästige Fliegen ab, bei Claire geben sie nur schemenhaft den Blick in ihr Schlafzimmer frei. Sowohl Claires Tagebuch als auch ihr Schlafzimmer werden von einer fauchenden, vollgefressenen Bestie bewacht.

»Du, Rrrrobert, wegen unserem Treffen ...«, reißt mich Claire erneut aus meinen Träumen.

Mir fährt es in den Magen: Ihre Stimme klingt angespannt, kann sie heute Abend nicht?

»Lass uns früher sehen, nicht erst um sieben«, sagt sie plötzlich, »dann haben wir mehr Zeit.«

Sie will mich sehen, früher! Ich hab's gewusst: Heute ist mein Tag, mein großer Tag!

»Ja, gern«, stottere ich leise.

»Ich bin um fünf bei dir«, fährt sie fort, »Marlies kommt immer um halb sechs in die Galerie und ich will nicht von ihr erwischt werden. Die mosert immer öfter an meinen Entwürfen für ihre bescheuerten Ausstellungen herum. Außerdem hasse ich es, jeden Samstag in der Galerie zu stehen und Sekt auszuschenken. Lieber arbeite ich im Café und zahl ihr ganz normal die Miete! Ich geh schon gar nicht mehr ans Telefon, wenn sie anruft.«

Na, super: Sie will mich früher sehen, jedoch nur, um ihrer Vermieterin aus dem Weg zu gehen. Egal, Hauptsache, wir treffen uns.

»Ich bin um fünf bei dir! Dann machen wir uns einen richtige tollen Abend, so wie immer! Für unser Buch hab ich schon jede Menge Plastikblumen, die ich einscannen kann«, fügt sie hinzu.

Obwohl wir uns nachher sehen, reden wir noch eine halbe Stunde. Was für eine Frau, sie scheint immer auf der Flucht zu sein:

Vor ihrer Vermieterin, vor Typen auf der Straße, vor Typen in den Clubs, vor ihrem Ex-Lover, vor ihrem Ex-Ex-Lover. Schließlich erzählt sie, dass die neue Freundin ihres Vaters meint, es sei besser, wenn sich Claire einen richtigen Job sucht und ihm nicht mehr auf der Tasche liegt. Am Ende hält Claire ihre namenlose Katze noch einmal an den Telefonhörer, damit ich deren genüssliches Schnurren hören kann.

Plötzlich fällt mir Sheila ein und dass ich das überflüssige Biest zwar hasse, es aber auch ein bisschen bemitleide, denn nun hat ihr Frauchen ein anderes Herzenstier, und sie ist abgemeldet.

Claire beendet unser Gespräch und ich bin erst mal urlaubsreif.

Minutenlang starre ich auf das Telefon. Wovon hat sie alles gesprochen: über ihre neue Katze, den jungen Typen vom Apple-Laden, Mauro, Garry, das An-unserem-Buch-arbeiten-wollen, ihre nervige Vermieterin, die neue, empörende Freundin ihres Vaters und dass sie schon um fünf Uhr kommt. Ich muss nur auf sie warten, sonst nichts. Auch Nika muss einmal auf Luka warten. In der Zeit, bis sie ihn wiedersieht, ist Nika unendlich glücklich, gleichzeitig aber auch wie von Irrsinn zerfressen, vollkommen verzweifelt und wie gelähmt.

Trotzdem: Es gibt nichts Unglaublicheres, als warten zu müssen – in knapp dreieinhalb Stunden ist Claire hier, hier bei mir!

Claire!

F**ünf Uhr.**

Präzise fünf. 17:00 Uhr. Punkt fünf Uhr. Es la Cinco.

Nervös tigere ich durch die Wohnung. Die gelbe Café-del-Mar-CD ›Chillhouse Mix 3‹ läuft und ich drehe noch einmal lauter. Kommt sie womöglich doch nicht? Ist ihr irgendwas oder irgendwer dazwischengekommen?

Ich gehe in die Küche und starre auf mein Werk. Das Essen ist fertig, es duftet wirklich exotisch: Ein Hauch Zitronengras liegt in der Luft sowie der unvergleichliche Duft von Basmatireis und Koriander. Wo bleibt sie nur?

»Erwischt!«, brüllt es mir laut ins Ohr.

Mir fährt es schlagartig in alle Glieder. Ich drehe mich um, und da steht sie: Claire steht vor mir! Mitten in meiner Küche!

Weil ich wohl ein selten dämliches Gesicht mache, bekommt Claire einen Lachanfall, springt vor Freude in den Flur und erscheint erst kurze Zeit später wieder. Typisch Claire: Sie liebt es, sich hinter das Haus zu schleichen und lautlos über die Terrasse in meine Küche zu kommen, um mich zu erschrecken – so wie ein Kind es liebt, seinen Papa zu veralbern. Wenn ein Moment der richtige wäre, um den finalen Herzschlag zu bekommen, dann wäre dies der richtige Moment: Noch einmal in ihr höchst belustigtes Gesicht sehen, und dann geht das Licht aus.

Wir umarmen uns, lange.

Sie riecht, wie immer, nach Gucci-Irgendwas, ich könnte schon wieder sterben. Doch dazu ist keine Zeit, denn sie fängt sofort mit dem Erzählen an:

»Rrrrobert, du glaubst nicht, was mir wieder alles passiert ist ...!«

So beginnt sie und setzt sich dabei auf ›ihren‹ Stuhl am Küchentisch.

Claire erzählt und erzählt – von einem Tankwart, der sie dumm angemacht hat, von einem gewissen Arthur, der sie aus irgendeinem Grund nicht mehr sehen will, und noch mal von Marlies, die ihr eine böse SMS geschickt hat, weil Claire am Samstag nicht in der Galerie jobben will.

Wir rauchen eine, unsere Lippen berühren sich alle paar Züge, wir öffnen die erste Flasche Sergio Mionetto und ich massiere, während sie über ›den neuen, kleinen Teufel‹ spricht, ausgiebig ihre Hände und Füße. Claire liebt meine Hand- und Fuß-Massage, einmal hat sie sogar behauptet, das mache sie mehr an als Sex.

Dann ziehen wir los und ich fühle mich so im Hoch, weil ich weiß: Heute gelingt mir alles, heute bin ich unschlagbar, heute passiert's! Ich sprühe vor Ideen, habe tausend Vorschläge, was wir machen können, und Claire lacht, weil ich so voller Energie bin. Dabei liegt das nur an ihr: Kaum ist sie da, schon verhalte ich mich wie ein vierzehnjähriger, verliebter Teenie! So sollte es immer sein: Ein ganzes Leben verliebt, ein ganzes Leben ein einziger, großer Rausch – nichts ist größer auf diesem Planeten als dieses einzigartige, irrsinnige Gefühl!

Nie mehr verliebt – Tagtraum 14

Garantie
Geh mit ihr Schuhe kaufen, reparier ihren Wagen, fahr sie zum Zahnarzt, mach ihr die Steuer, begleite sie zum Abba-Revival-Konzert, schau mit ihr ›Jenseits von Afrika‹ an und heule solidarisch.
Was auch immer sie will: Hol ihr die Sterne vom Himmel, Tag und Nacht, sämtliche, alle.

Vorteil:
Sie gewöhnt sich so sehr an dich, dass sie ohne dich nicht mehr leben will – ja, du bist ein solch großer Teil ihres Lebens geworden, dass sie auf dich nicht mehr verzichten kann. Wenn du Glück hast: nie mehr verzichten kann.

Nachteil:
Es kann passieren, dass sie eines Tages jemanden sieht, jemanden berührt, jemanden riecht, nur eine einzige, winzige Sekunde, und schon ist es passiert.
Schon wird sie ihr Leben lang an diesen Einen denken. An ihn, und nicht an dich.
An dich denkt sie nur, wenn dieser Eine keine Zeit hat. Du bist für sie der Typ, mit dem sie viel machen kann – alles machen kann, nur nicht das Eine.
Wie viel du für sie machst, wie sehr du auch für sie da bist: Es gibt keine Garantie, für nichts.

Wir setzen uns ins Auto, ich fahre und wir reden und lachen und sie raucht eine nach der anderen.

Schließlich landen wir in einer riesigen Bio-Bauernmarkthalle, kaufen Trauben, Feigen und Bio-Marshmallows, schleichen uns hinter ein lasiertes Weinregal, rösten mit einem Feuerzeug zwei Bio-Marshmallows und füttern uns gegenseitig. Anschließend düsen wir zum höchsten Berg der Stadt, und während wir zu Fuß bis zum Gipfelkreuz gehen, erzähle ich papahaft, dass der Berg aus Trümmern von Häusern besteht, die im Zweiten Weltkrieg bombadiert wurden. Oben, auf dem Gipfel, ist der Blick über die Stadt beeindruckend und so sitzen wir auf einem warmen Sandstein, genießen die milde Sonne, rauchen, essen Trauben und liegen plötzlich nebeneinander und sind eingeschlafen – friedlich eingeschlafen, wie ein ganz normales Liebespaar.

Irgendwann wache ich auf, und während Claire noch schläft, betrachte ich sie in aller Ruhe:

Ich betrachte ihre schwarzen Haare, ihr Gesicht mit den unzähligen Sommersprossen, ihre wunderschöne, kleine Nase, ihre orangen Feder-Ohrringe, ich betrachte ihre enge, weiße Sommerbluse mit dem gehäkelten Muster am Saum, die so kurz ist, dass immer wieder ihr Bauch herausschaut, und ich beuge mich über ihre Hüften und werfe einen unverschämten Blick auf ihren wunderbaren Hintern. Ich betrachte ihre Jeans, nein: Lieblingsjeans, die an den Oberschenkeln kunstvoll zerrissen sind, und ich betrachte ihre nackten Füße, die in türkisfarbenen, indischen Sandaletten stecken. Mein Blick wandert zurück auf ihre Hände und ich sehe, dass sie an ihrem linken Zeigefinger einen breiten, silbernen Ring trägt. An ihrer rechten Hand entdecke ich ebenfalls einen Ring, allerdings habe ich den noch nie an ihr gesehen.

Ich atme tief ein und denke an den alten, lüsternen Goethe, wie er säuselt: »Zum Augenblicke möchte ich sagen ...«

Das Leben ist anders, wenn sie da ist.

Claire schläft. Ich schaue mich um, wir sind allein auf dem steinernen Aussichtspunkt. Niemand kann uns beobachten. Um uns herum liegen, kreuz und quer, riesige, stumme Steinblöcke und vor uns, weit entfernt, ist der große Talkessel mit seinem unendlichen Häusermeer zu sehen. Gut, dann ist jetzt der richtige Moment! Jetzt wage ich es, eine bessere Gelegenheit als diese wird es nicht geben:

Ich hole tief Luft und konzentriere mich. Dann halte ich meine geöffnete Hand ein Stück über ihre wunderschöne Stirn. Ich muss sehr vorsichtig sein, meine Finger dürfen ihre Stirn auf keinen Fall berühren, sonst wirkt die Hypnose nicht.

Ich konzentriere mich und spüre plötzlich Energie fließen (und das, obwohl ich sonst nicht an so einen Kram glaube). Ich spüre Energie, meine Hand wird warm (hoffentlich nicht nur durch die Strahlen der Sonne), ich nehme nun meine beiden Hände, halte sie wie ein Wunderheiler über ihre Stirn, ihr Haar, ihr Gesicht und wandere dann langsam, ganz langsam, hinunter zu ihrem Herzen. Schließlich hole ich noch einmal tief Luft und sende ihr, mit allerletzter Kraft, mittels meines genialen Geistes, ganz eindringlich diese Worte:

»Verliebe dich, verliebe dich, verliebe dich in mich ...!«

Auf einmal spüre ich eine große Hitze in meinen Handflächen und in der Gegend von Claires Herz leuchtet es rot, als ob unter ihrem T-Shirt ein glühender Lavastein zu leuchten beginnt! Dann verlischt die dunkelrote Glut und ich weiß, das ist nicht die Sonne, die mich geblendet hat, oder der Prosecco oder die verbrannten Bio-Marshmallows, die mir das Gehirn vernebeln, das war Magie, reine Magie, Telepathie, Geisteskraft, Hypnose! Ja, was auch immer es war, sie wird sich in mich verlieben – wahrhaftig und todsicher!

Nie mehr verliebt – *Tagtraum 15*

Magie
Um sie vollkommen süchtig nach dir zu machen, um ihr die unumstößliche Eingebung zu geben, dass sie dich liebt, abgöttisch liebt, brauchst du folgende Ingredienzien, und zwar innerhalb von 24 Stunden:
die Krokodilsträne eines vegetarischen Krokodils,
eine überhöhte Steuerrückzahlung,
eine ehrliche Wahrsagerin,
einen Woody Allen-Film ohne hypochondrischen Helden,
einen nüchternen Rolling Stone,
ein Film-Mitschnitt der Uraufführung des Sommernachtstraums aus dem Jahre 1692 in HD,
eine warzenfreie Hexe
sowie Schneckenrotz, Spinnenfurz, Drachenpups und den verliebten Blick deiner Angebeteten.
Der ganze Kinderkram wird mehr oder weniger leicht zu beschaffen sein – alles, außer vielleicht der letzte Punkt. Diesen letzten Punkt zu bekommen wird tatsächlich Probleme machen.

Vorteil:
Wenn du so weitermachst, bist du auf dem besten Weg, dich zu einem Kind zurückzuentwickeln.

Und genau darum geht es doch: Sei wieder ein Kind und glaube einfach daran, dass am Ende alles gut wird. Und dass es wie im Märchen noch Prinzessinnen gibt, die immer genau das Richtige sagen. Sie sehen dich und sagen beispielsweise:
«Du mein König, du mein Held – ich bin dein.«
Nachteil:
Wenn du für deinen Hypnose-Schnickschnack endlich alle Zutaten beisammenhast, bist du am Ende so erschöpft, dass du nur noch schlafen willst. Auch gut, dann ist endlich Ruhe.

Ein Sonnenstrahl trifft Claires Stirn. Sie räkelt sich und lächelt, ohne jedoch die Augen zu öffnen. Jetzt, liebe Claire, musst du nur noch verinnerlichen, was mit dir eben passiert ist:

Du liebst mich, liebst mich, liebst mich ...!

Eine Ewigkeit später, als der Schatten meines Kopfes dem Schatten eines Eselkopfes immer ähnlicher sieht, versuche ich sie zu wecken – schließlich geht die Sonne bald unter, und ich bekomme langsam das Gefühl, dass nichts wirklich passiert.

Ich berühre ihre Hand und muss plötzlich an das erste Mal denken, als ich ihre Haut spürte, auf dem Abschlussfest an der Akademie, als wir, ziemlich betrunken, miteinander lachten und redeten bis zum Morgen. Und dann beim Abschied, plötzlich diese endlose Umarmung, und wie sich unsere Hände fanden und unsere Finger ineinanderschoben – eine einzige, unglaubliche Berührung und alles war anders! Kann ein Mensch sich in eine einzige Berührung verlieben und sie nie mehr vergessen?

Nie mehr verliebt – Tagtraum 16

Das erste Mal
Denk daran, wie du sie zum ersten Mal gesehen hast, sie das erste Mal berührt hast, sie das erste Mal geküsst hast. Und denk daran, wie du das erste Mal mit ihr ge-schlafen hast. Es war unglaublich, richtig?
Du kannst jemanden immer nur einmal ›zum ersten Mal‹ berühren. Du kannst jemanden immer nur einmal ›zum ersten Mal‹ küssen. Du kannst mit jemanden immer nur einmal ›zum ersten Mal‹ schlafen.
Schade eigentlich.

Vorteil:
Sie hat Schluss gemacht? Na und? Du weißt doch, dass es mit ihr kein ›erstes Mal‹ mehr geben wird. Nur mit einer anderen Frau gibt es das noch: der erste Blick, der erste Kuss, die erste Nacht.
So gesehen ist es also gar nicht so tragisch, dass sie jetzt deine Ex ist, schließlich gibt es mit ihr keine ›ersten Male‹ mehr. Also freu dich auf was Neues.

Nachteil:
Es hilft nichts. Keine andere Frau könnte dir jetzt irgendwas bedeuten. Auch wenn eine neben dir liegt, hingebungsvoll, dich unendlich liebt – du würdest von der Ex erzählen. Oder an die Ex denken, auch währenddessen. Wirklich schade.

Claire schlägt die Augen auf.

Sie schaut mich an, und ihr Gesicht entspannt sich. Ich lehne mich zur Seite, so dass die Sonne sie blendet. Sie schließt die Augen und ich nutze den Moment und küsse sie auf den Mund. Sie lacht und boxt mich dafür.

Claire raucht eine, wir teilen uns die letzten Trauben und fahren im Schneckentempo durch die schönste Villengegend der Stadt. Da das Viertel in bester Halbhöhenlage über dem Talkessel liegt, bietet sich uns auf der ganzen Strecke ein atemberaubender Ausblick.

Claire schlägt vor, im September in die Toskana zu fahren, nur wir beide, um an unserem Buch zu arbeiten. Ich finde die Idee wunderbar und erzähle ihr sofort von den heißen Schwefel-Quellen, an denen Tarkowski sein hinreißend-trauriges ›Nostalghia‹ gedreht hat.

Am Bismarckturm halten wir kurz und blicken auf den nördlichen Teil des Talkessels, wo sich die Stadt ständig verändert. Plötzlich fällt Claire etwas ein:

»Das da hinter dem Bahnhof ist doch der Norden, oder?«

Claire scheint Stuttgart nur bei Nacht zu kennen.

»Ja, wieso?«, antworte ich.

»Da wohnt DJ«, erwidert sie.

»Du denkst ja immer noch an ihn«, murmle ich etwas zu laut.

»Ich würd' nur gern wissen, wie er jetzt wohnt. Und«,

fügt sie nachdenklich hinzu, »vielleicht ist das mit Mauro nur passiert, damit ich DJ vergesse. Hoffentlich war das kein Fehler.«

Ich könnte Luftsprünge machen, ich könnte die ganze Welt umarmen: Sie zweifelt an Mauro!

»Die erste Beziehung nach einer wichtigen Beziehung hat nie eine Chance«, sage ich besserwisserisch und pseudopädagogisch und supereifersüchtig. Aber das musste raus.

»Ich weiß nur, dass er irgendwo im Norden wohnt«, wiederholt sie, und weil ich ein verliebter Idiot bin, ziehe ich mein Handy hervor und google Straße und Hausnummer von DJs Wohnung. Dann beschließe ich, zu seinem Haus zu fahren. Claire wird kreidebleich und immer stiller und sichtlich nervös. Ihre Stimmung hat sich schlagartig geändert, und ihre kindliche Begeisterung für all unsere Pläne ist dahin. Aber es muss sein, es muss.

Schweigend erreichen wir den eng bebauten Stadtteil, in dem DJ wohnt. Ich parke meinen Saab in der Nordbahnhofstraße, wir steigen aus und gehen ein Stück, bis wir vor seiner Haustür stehen. Das Gebäude ist alt, dunkel und ziemlich heruntergekommen. Genau so habe ich mir DJs Zuhause vorgestellt: das letzte Loch, vorausgesetzt man will die Wahrheit sehen.

Plötzlich versucht Claire wegzurennen, doch ich halte sie fest und schiebe sie zielstrebig zum Eingang. Die Tür ist offen und sieht aus, als würde sich nie jemand die Mühe machen, sie vollständig zu schließen.

Ich betrete das Treppenhaus und ziehe Claire einfach hinter mir her. Schweigend schleichen wir bis zum Ende des dunklen Flures. Claire will sich erneut losreißen, da zerre ich sie an das große Treppenfenster und deute auf den dreckigen, müllbeladenen Hinterhof. Er grenzt an ein Bahngleis, hinter dem Dutzende von Containern stehen. Die meisten sind mit Metall- oder Holzabfällen gefüllt und gehören zum größten Schrottplatz der Stadt.

Claire hat es die Sprache verschlagen, ich dagegen könnte vor Schadenfreude jubeln: DJ muss aus seinem Wohnzimmer einen wirklich atemberaubenden Blick haben. Fassungslos betrachtet sie das ganze Elend. Ich nutze den Moment, springe schnell zurück zum Eingang und klingle am Knopf neben DJs Namensschild. Einen Augenblick später bin ich, ohne dass Claire etwas mitbekommen hat, wieder bei ihr.

»Los, kurz bis zur Wohnungstür, wenn wir leise sind, hört der uns nicht, so zugedröhnt wie der immer ist«, flüstere ich.

Claire schaut mich entsetzt an, doch ich schnappe ihre Hand und ziehe sie wieder hinter mir her, Stufe für Stufe. Ich halte Claires Hand, sie zittert und ist kalt. Stockwerk für Stockwerk geht es hinauf, vorbei an Schuhen und leeren Schachteln, die vor den Türen der anderen Hausbewohner stehen. Gleich sind wir oben und dann kommt der Idiot, weil ich geklingelt habe, heraus! Dann sieht Claire ihn, in irgendeinem vergammelten T-Shirt, und sie ist kuriert, wenn er so verratzt vor ihr steht! Das war immer so: Claire braucht diesen Loser nur zu sehen, schon hat sie wieder genug von ihm, für zwei, drei Monate.

Im vierten Stock wird Claire immer langsamer, da öffnet sich im Stock über uns eine Tür und nerviges Kindergeschrei ist zu hören. Auf einmal reißt sich Claire von mir los, rennt, als renne sie um ihr Leben, die Treppen hinunter, stolpert über ein paar Schuhe, was ihr egal ist, hastet unbeirrt weiter, ich renne ihr hinterher, sie springt aus dem Treppenhaus, zurück auf die Straße und so schnell sie kann zum Wagen. Hinter meinem Saab geht sie in die Hocke und versteckt sich wie ein Kind, das hinter dem Auto sitzt, weil es auf die Toilette muss. Ich schließe die Wagentür auf, die Zentralverriegelung schnappt hoch, sie öffnet ihre Tür, aber so, dass ihr Kopf nicht im Fenster erscheint, und kriecht auf allen Vieren zum Sitz. Ich starte und jage mit quietschenden Reifen davon, wie Bonnie und Clyde nach einem Banküberfall, während über ihnen die Wagenscheiben zerschossen werden.

Die ganze Aktion ähnelt einer Szene meines Jugendromans, in der Nika und Luka ihr erstes Date haben: Darin nimmt Luka seine Nika an der Hand und zieht sie hinter sich her, durch nächtliche Straßen, den ganzen Talkessel hinunter, bis sie mitten in Stuttgart ankommen. Es regnet, was die beiden nicht stört, da löst sich Nikas Haartönung auf und eklige, rote Streifen kriechen ihr übers Gesicht – für Nika bricht eine Welt zusammen, die Sechzehnjährige schämt sich so sehr, dass sie sich umgehend und sofort vor den nächsten LKW oder die nächste Straßenbahn werfen will ...

Schweigend düse ich weiter, mein alter Saab hat mehr Kraft unter der Haube, als man ahnt. Bei der nächsten roten Ampel schaue ich rüber zu Claire. Unsere Blicke treffen sich und auf einmal bekommen wir einen heftigen Lachanfall. Sie richtet sich wieder auf, zündet eine Zigarette an, nimmt einen Zug und küsst mich auf den Mund. Die Ampel springt viel zu früh auf Grün, ich gebe Gas, steuere den Wagen aber plötzlich nach rechts, überquere die Bahngleise, fahre noch einmal nach rechts, bis wir jenseits des Schrottplatzes sind, den DJ jeden Tag von seinem Fenster aus sehen darf. Sofort duckt sich Claire wieder und verbirgt ihr Gesicht.

Mir ist es zwar nicht gelungen, ihr zu zeigen, wie DJ in versifften Unterhosen aussieht, aber dass er in der letzten Loserhöhle haust, kann sie nun nicht mehr verdrängen. Winziger Punktsieg für mich.

Und ja, Claire küsst ganz wunderbar, besonders, wenn sie dabei lachen muss.

Nie mehr verliebt – Tagtraum 17

Märchenprinz

Wenn die Frau, die du liebst, nicht von ihrem Ex loskommt, wenn sie ständig von ihm erzählt und wenn sie das, was zwischen euch gerade beginnt, beenden will, weil ihr der Ex immer und immer im Kopf herumspukt, dann gibt es nur eins für dich:

Schleppe sie zu ihm, irgendwie – sie soll ihn sehen, sie soll mit ihm sprechen. Nur so begreift sie, dass sie den bescheuerten Kerl wie ein dummes, naives Huhn verklärt, nur so begreift sie, dass der Idiot ein Idiot ist und kein Wahnsinnstyp, kein Superhengst und schon erst recht nicht der Märchenprinz.

Aber sag ihr auf keinen Fall vorher, dass du sie zu ihrem Ex schleifen willst. Locke sie irgendwie zu ihm, lüge, erfinde, arrangiere, leg sie richtig übel rein, egal: Hauptsache, sie sieht ihn. Selbst wenn sicher ist, dass sie stinksauer auf dich sein wird:

Du musst es schaffen, dass sie dem Kerl von Angesicht zu Angesicht gegenübersteht – nur so besteht die Chance, dass sich irgendwas ändert.

Mit etwas Glück wirst du nicht mehr gegen einen Geist ankämpfen müssen. Einen Supergeist.

Vorteil:

Du hast gute Chancen, ihr neuer Märchenprinz zu werden. Was sicher nicht der schlechteste Job auf dieser Welt wäre.

Nachteil:
Wenn sie nicht mehr über den Ex schimpfen kann, über wen schimpft sie dann? Und wenn es niemanden gibt, wegen dem sie dich stundenlang zumüllen kann, wozu braucht sie dann dich?

Kaum liegt der Schrottplatz hinter uns, entfaltet sich vor unseren Augen eine weite, karge Ebene, und das mitten in der Großstadt.

Früher standen hier mehrere Hallen der städtischen Straßenbahn, nun sind fast alle Gebäude abgerissen, denn hier soll ein modernes Stadtzentrum entstehen. Lediglich eine Halle ist übrig-geblieben, weil noch nicht klar ist, ob das denkmalgeschützte Gebäude doch noch den Baggern zum Opfer fallen wird. Bis zur endgültigen Entscheidung haben Bildhauer, Maler und Musiker die Räume des weitläufigen Bauwerks in Besitz genommen. Und so ist in der letzten Halle ein höchst eigenartiger Club entstanden, und genau diesen eigen-artigen Ort will ich Claire zeigen.

»Du kannst wieder hochkommen«, flüstere ich, »wir sind weit genug weg von Loser-DJ.«

Claire taucht auf und schaut erstaunt aus dem Wagen.

»Wo sind wir denn hier gelandet?«, fragt sie.

»In Pampa Südamerikana, Santa Maria Dela-Irgendwas. Der dunkle Backsteinkasten da vorn war mal ein Gefängnis«, sage ich lachend.

Claire und ich träumen uns oft woanders hin, heute

lautet der Traum: Südamerika.

Ich parke den Saab. Während wir die Halle betreten, überlege ich laut, was ›Prosecco‹ wohl auf südamerikanisch heißt.

Innen ist alles erfrischend anders: Ein schlaksiger, kahlköpfiger DJ steht in einem offenen Straßenbahnwagen und spielt französische Schlager, über die er chillige Beats mischt. Die Halle ist riesig und könnte in England stehen, denn die Backsteinwände wurden respektlos mit weißer Farbe übermalt. Jeder Stuhl, jeder Sessel und jedes Sofa sieht anders aus, die Tische bestehen aus Glasresten und werden von verrostetem Metall gehalten. Der Boden ist aus Beton, und lediglich an den Stellen, wo er tiefe Risse hat, liegen alte Orientteppiche.

Wir setzen uns auf ein knallrosa Plastiksofa, bestellen zwei Mojitos und Claire raucht sofort eine, zur Beruhigung. Sie ist vollkommen fertig und kann immer noch nicht glauben, was eben passiert ist.

»Was hättest du denn gemacht, wenn DJ aufgetaucht wäre?«, fragt sie mich nach einer Weile.

Ich hätte beinahe geantwortet: ›So sieht er also aus, der größte Loser des Planeten‹. Aber das sage ich nicht, vielmehr lache ich, schnappe ihre Hand und massiere ihre Handinnenfläche. Claires Gesicht entspannt sich leicht.

»Wie du da einfach ins Treppenhaus rein bist! Das war richtig krass«, murmelt sie.

Claire hängt immer noch an dem Kerl. Dabei erzählt sie mir seit einem Jahr wie dumm, vulgär und primitiv DJ ist.

»Was hättest du gemacht, wenn er tatsächlich aufgetaucht wäre?«, fragt sie mich noch einmal.

Claire scheint meine Antwort nicht wissen zu wollen. Stattdessen blickt sie sich intensiv um.

»Ich wette, DJ kennt den Club. Hier gibt's bestimmt guten Stoff«, meint sie leise.

»Dein DJ weiß gar nicht, wie sehr du wegen ihm leidest«, erwidere ich ebenso leise.

Claire reagiert nicht, sondern fixiert stumm den Eingang. Dann kommen unsere Getränke. Ich zahle, da meint sie zu dem Typen, der uns die Mojitos auf den Tisch gestellt hat, dass sie gleich noch einen zweiten will. Der Typ nickt und schaut dann mich an. Ich winke ab, mir ist ein Mojito mehr als genug.

Claire zieht gierig an ihrem schwarzen Strohhalm, ich schiebe meinen auf die Seite und nippe nur leicht an meinem Drink.

Eine halbe Stunde später sieht das Eis in Claires Gläsern aus, als habe ein cholerischer Eisfischer es malträtiert. Dann plötzlich, nach einem langen Schweigen, wirft sie ihre geknickten Strohhalme auf den Tisch, steht auf und will, dass wir gehen. Ich folge ihr bis zum Ausgang und warte geduldig, als sie noch einmal zurückgeht und dem kahlköpfigen DJ eine Frage stellt. Ich höre nicht, was sie fragt, ich sehe nur, dass der schlaksige Typ den Kopf schüttelt.

Wir steigen in den Wagen und ich starte den Motor. Als wir an DJs Haus vorbeifahren, starrt Claire unentwegt auf ein Fenster im fünften Stock.

Zehn Minuten später befinden wir uns auf der berühmten Panoramastraße, die uns in sanften Schlangenlinien aus dem Talkessel herausbringt. Oben angekommen folgen wir dem Schild ›Fernsehturm‹. Da sagt sie auf einmal:

»Ich habe Hunger.«

Wir gehen zu mir, und ich öffne die erste Flasche Sergio Mionetto. Ich rede irgendwas über unser Buch und dass wir, um es international verkaufen zu können, unbedingt einen Trip über die Anden machen sollten: Nur sie und ich in einem Bus voller Indios und Hühner und Tauben und Ziegen. Langsam, ganz langsam entspannt sie sich, sie raucht drei Zigaretten, bis sie schließlich erklärt, das Thema ›DJ‹ sei für sie endgültig erledigt. Sie erzählt mir, dass sie kitschige Plastikblumen scannen will, um diese in unsere Texte einzu-bauen. Der Look des Buches soll grafisch absolut neu sein, die Leute wird es ›umhauen‹.

Irgendwann probiert sie eine Gabel meines thailändischen Hähnchen-Currys, sie ist hin und weg, doch dann will sie, dass wir uns zwei Pizzen holen – alles soll genau wie immer sein. Also gehen wir zu Fuß zu den Sportplätzen und bestellen uns bei Paolo, dem besten Pizzabäcker der Welt, unsere übliche Pizza: Prosciutto-Rucola-Parmesan. Paolo begrüßt uns wie alte Freunde und spendiert uns, bis die Pizzen fertig sind, seinen besten Grappa. Ich glaube, er hält uns für das verrückteste und gleichzeitig glücklichste Liebespaar der Stadt.

Wir schnappen die Pizzen, gehen zurück nach Hause, köpfen die nächste Prosecco-Flasche und reden noch mal über die Aktion im Treppenhaus. Wir stellen uns DJ vor, wie er ausgesehen hätte, wenn er tatsächlich aufgetaucht wäre: DJ in Jogginghosen, vollgedröhnt, aus der Wohnung hinter ihm die Geräusche einer Porno-DVD, er selbst stumm wie ein Fisch, weil er nie weiß, was er sagen soll, kein Wunder: Er ist dumm geworden, durch all das Zeug, das er sich jeden Tag reinzieht, reinziehen muss.

Nie mehr verliebt – Tagtraum 18

Lästere mit ihr
Mache dich über alles und jeden lustig. Lästere mit ihr über Gott und die Welt, am Telefon, auf der Straße, im Club, überall.
Lästere vor allem über Typen. Mache die Kerle nieder, alle, und werde mit der Zeit die beste ›Lästerfreundin‹, die sie je hatte.

Sag ihr vor allem immer eines: Dass sie mehr verdient hat als sämtliche Typen um sie herum, viel mehr!

Vorteil:
Ihre Ansprüche werden so hoch werden, dass kein Typ der Welt sie je erfüllen kann.
Sie wird eine von den Frauen werden, die nie einen Typen findet, weil nie einer gut genug ist. Gut für dich, denn am Ende wird sie nur noch dich haben.

Nachteil:
Irgendwann wird sie eine bessere Lästerschwester finden als dich. Mit ihrer neuen Schwester wird sie dann über dich lästern, und das wird gnadenlos werden.
Die Welt ist gerecht, ab und zu.

Die Stunden vergehen.

Wir trinken, rauchen, lachen und reden. Jeder Moment ist eine einzige große Jagd nach dem Glück, nach dem Supermoment. Was auch immer passiert, für Claire muss jeder Augenblick wie eine endlose Feier, ein endloser Urlaub sein. Das Leben wird zum überwältigenden Roadtrip, man fährt nur auf der Überholspur, ein Alltag existiert nicht. Ob Claire und ich jemals unser Buch schreiben, ist nicht nur fraglich, sondern auch unwichtig. Ohne dass sie es selbst weiß, erfindet Claire Träume – nicht um sie zu realisieren, sondern damit es ihr gut geht, damit sie sich wohlfühlt und, weit weg von allen Problemen, hinwegsegeln kann. Meisterlich flieht sie vor der Stille, dem Stillstand, dem Altwerden, immer sucht sie das ›dolce vita‹, das kleine Jetset-Leben auf der Insel der Sonne. Tag und Nacht will Claire dieses Leben, geschenkt will sie es, ohne sich je darum bemühen zu müssen.

Gut, auch ich bin ein Träumer, aber ich bin es nicht ausschließlich. Claire dagegen träumt ständig von einem anderen Leben. Sie kann ganz wunderbar davon schwärmen, genau dafür liebe ich sie, denn ich selbst bin zu vernünftig, zu ängstlich, um mich vollkommen fallen zu lassen. Doch wenn Claire da ist, tauche ich mit ihr in die Welt ihrer Träume – ich genieße ihre Begeisterung für ein neues Projekt und ihren naiven Glauben, dass sie dieses Projekt auch tatsächlich in die Tat umsetzen wird.

Gebannt höre ich ihren Ideen für unser Buch zu. Im Grunde sind es alles Geschichten, die sie mit ihren Ex-Lovern erlebt hat, aber egal. Um sie in Erzähllaune zu halten, hole ich irgendwann die kaloriengeschwängerte, französische Quarkspeise heraus und serviere sie ihr auf einem winzigen Teller. Sie lehnt natürlich ab, ihre Hüften vertragen keine zusätzlichen, französischen Kalorien. Erneut schiebe ich ihr den winzigen Teller zu, behaupte, dies sei nur eine ›kalorienarme Probierportion‹ und sie solle weitererzählen.

Claire protestiert, dann nippt sie doch von dem Nachtisch, zündet sich danach aber erst mal eine Zigarette an.

Drei Minuten später stelle ich ihr wieder eine winzige Portion hin, sie protestiert erneut, nascht dann aber doch davon und leert, als nehme sie einen Kalorienkiller zu sich, den Inhalt ihres Glases. Anschließend beginnt das Spiel wieder von vorn:

Ich schiebe eine winzige Portion über den Tisch, sie protestiert, dann probiert sie, trinkt ihren Prosecco aus und so weiter und so weiter. Am Ende hat sie eine ganze Schüssel des kaloriengeschwängerten Inhalts geleert. Innerlich juble ich vor Freude: Ich kenne meine Schöne, ich kenne sie einfach zu gut! Was bin ich doch für ein außergewöhnlich kluger Kerl!

Claire schaut mich glücklich an und findet es ›genial‹, dass, wenn wir einen Tag zusammen verbringen, immer so viel passiert. Das Beste aber ist, dass wir richtig gute Freunde sind und sich das nie ändern wird. Ich ziehe sie auf meinen Schoß, wir umarmen uns und machen das ›Rauch-gegen-Kuss‹-Spiel, und ich denke: ›Ich wusste es, heute ist mein Tag, ich bin kein verliebter Trottel‹, da steht Claire auf, setzt sich wieder auf ›ihren‹ Stuhl, schaut mich ernst an und meint:

»Rrrrobert, ich weiß gar nicht, wie ich es sagen soll.«

»Sag's einfach«, erwidere ich arglos und öffne die dritte Flasche Sergio Mionetto. Ich liebe Claires Pläne.

»Mauro hat gestern zwei Flüge gebucht«, sagt sie plötzlich.

»Zwei Flüge?«, wiederhole ich verstört und versuche, beim Einschenken nichts zu verschütten.

»Für sich und für mich«, erklärt sie, »ich muss hier mal weg: Das Theater mit Marlies, der Stress im Café, die bescheuerte Freundin meines Vaters, die Sache mit DJ – ich muss endlich weg.«

Es ist wie ein Faustschlag ins Gesicht. Mein Herz rast, in meinem Magen pocht es, mir wird heiß, meine Hände zittern, kurz: Mir zieht es mit voller Wucht den Boden unter den Füßen weg.

Sie muss weg. Mit ihm. Sie muss weg.

Nie mehr verliebt – Tagtraum 19

Mit totaler Wucht

Der finale Schlag ist ungeheuer, er trifft dich mit totaler Wucht. Es mag pathetisch klingen, aber dieses Gefühl ist so gewaltig, dass es einer Todeserfahrung nahekommt.

Nein, es ist schlimmer: Du stirbst bei lebendigem Leib, lebst aber gleichzeitig weiter. Dir geht es wie einem Boxer, den ein Volltreffer erwischt und nun kämpft und kämpft, um nicht zu Boden zu gehen.

Doch auch wenn du nicht mehr kannst und bei dir die Lichter ausgehen, ist das nur eine kurze Erlösung – wenn du wieder aufwachst, hat sich nichts, aber auch gar nichts geändert: Du hast einen Volltreffer abbekommen, wie es schlimmer nicht geht, du bist angeschlagen, verwundet, am Ende und wirst dieses

Gefühl noch eine ganze Weile haben. Dagegen gibt es kein Heilmittel, du kannst nur warten, bis es vorbei ist. Es kann schnell gehen oder dauern. Manchmal dauert es Jahre, manchmal lebenslänglich.

Vorteil:
Der Schlag ist so gewaltig, dass er den schmerzhaften Vorteil hat, dass nun alles geklärt ist. Ein für alle Mal. Keine Zwischentöne, keine Ausflüchte, kein Schönreden, kein Schönträumen mehr. Es ist aus, vorbei, für immer. Schlagartig.

Nachteil:
Du hast keine Zeit, dich daran zu gewöhnen. Du bist wie der Typ in der Todeszelle, der nach seiner letzten, schlaflosen Nacht sagt:
›Einen Moment, Stopp, ich bin noch nicht so weit, ich brauch noch ein bisschen, das geht alles viel zu schnell. Halt, Stopp, ich bin noch nicht so weit ...‹

Wie hochmütig ich doch war! Ich dachte, ich kenne Claire, ich dachte, ich kann ihre Gefühle lenken.
Hochmut kommt vor dem Fall, immer.

Irgendwann höre ich wieder Claires Stimme.

Sie klingt wie von weit, von sehr weit entfernt. Ich glaube, Claire sagt gerade noch einmal: »... und dann noch die Sache mit DJ – ich muss hier endlich mal weg.«

Schließlich schaut sie mich fragend an. Ich nicke.

Ich nicke, als hätte ich momentan nichts Besseres zu tun, als zu nicken. Dann murmle ich, immer noch vollkommen benebelt:

»Wie lange bleibt ihr weg?«

»Zwei Wochen. Bist du mir jetzt böse?«, fragt sie.

Zwei Wochen.

»Nein, äh ... du hattest wirklich eine Menge Ärger in letzter Zeit«, stottere ich.

»Du darfst mir wirklich nicht böse sein, aber ich muss Marlies aus dem Weg gehen, ich hab noch Schulden bei ihr.«

Also zahlt Mauro den Urlaub. Claire scheint meine Gedanken zu erraten.

Sie sagt: »Wir können in die Ferienwohnung meiner Tante, umsonst. Das hat sie mir schon letztes Jahr zum Geburtstag geschenkt.«

Letzten Sommer. Wieso mit ihm, wieso nicht mit mir?

»Wo fliegt ihr denn hin?«, frage ich dämlich und versuche, gefasst zu erscheinen. Doch natürlich weiß ich die Antwort.

»Ibiza. Mauro kennt sich da aus. Er kennt alle Clubs, wir wollen mal so richtig abhängen. Morgen Abend fliegen wir«, sagt sie.

Ich Riesenschaf: Sie fliegt auf ›ihre‹ Insel, wohin sonst? Ich versuche zu tun, als sei das alles nur ein ›bisschen‹ enttäuschend, so, als habe man einen guten Film verpasst.

»Du und ich, wir beide fliegen auch mal auf die Insel, gleich nachdem unser Buch raus ist, ganz bestimmt! Rrrrobert, du bist mir jetzt nicht böse, oder?«, fragt sie noch mal.

»Nein«, stottere ich und beuge mich vor, lege ihre Füße auf meine Knie, ziehe ihre türkisfarbenen, indischen Sandaletten aus und beginne, ihr die Füße zu massieren. Ich glaube, ich habe selten etwas Dämlicheres, nein Würdeloseres getan. Aber ich kann nicht anders, ich will sie berühren, ihr nahe sein, sie festhalten und ich will, dass sie mir zeigt, dass sie mich mag, dass sie gern bei mir ist – wenn sie mich schon nicht liebt.

»Ich nehm mein Macbook mit und mache jeden Tag was für unser Buch«, verspricht sie, »und wenn ich wieder da bin, jobbe ich so viel, dass wir im September zusammen wegfahren können. Toskana. Mit dem Wagen. Den ganzen September! Was sagst du?«

Claire strahlt mich an, dass ich blind werden könnte.

Was passiert hier eigentlich? Eine Entscheidung, die längst gefallen ist, wird mir noch mal klar und deutlich vorgeführt:

Claire ist mit ihm zusammen, Claire hat einen Freund und sie fährt, das ist ganz natürlich, mit ihm in den Urlaub. Und was mache ich: Ich sitze, total geschockt, bei ihr und massiere ihre Füße. Dabei sollte ich froh sein, dass endlich diese Entscheidung gefallen ist. Los, Robert, krieg endlich deinen Arsch hoch und ... tatsächlich: Sanft, aber bestimmt schiebe ich ihre Füße weg und erhebe mich. Claire spürt, dass etwas mit mir passiert:

Nie mehr verliebt – Tagtraum 20

Der ultimative Ratschlag
Geh! Wirf sie aus deiner Wohnung! Jetzt, sofort! Schluss, aus und vorbei, ein für alle Mal! Streiche sie aus deinem Leben, sprich nie wieder ein Wort mit ihr, sieh sie nie, niemals wieder! Du musst das irgendwie schaffen.
Manchmal hilft es, zu verdrängen, es gibt Leute, die können das perfekt. Kalter Schnitt. Nie wieder. Schluss. Aus. Raus mit ihr aus deinem Herzen, so wie Shakespeares Kaufmann von Venedig: das Herz rausschneiden, bei lebendigem Leib.

Vorteil:
Der harte Cut ist der älteste, einzig vernünftige Ratschlag, den es gibt. Es ist der Ratschlag aller Ratschläge, es ist die ultimative Alternative, die einzige, die wirklich Zeit spart.

Nachteil:
Alles, jede Pore deines Körpers schreit danach, bei ihr zu bleiben, ihr nahe zu sein, gerade jetzt nicht zu gehen, im Gegenteil: ihr noch näher zu sein, als du es jemals warst. Genau in diesem Moment zu gehen, ist ein Martyrium, das schlimmste Martyrium, das man sich vorstellen kann. Es ist jedoch das einzig Richtige.

Ich stehe mitten in der Küche und überlege. Claire schaut mich erwartungsvoll an. Was mache ich jetzt? Ich müsste ihr freundlich, aber bestimmt sagen, dass sie gehen soll, ein für alle Mal. Doch stattdessen schnappe ich meinen Stuhl, stelle ihn direkt neben den ihren, nehme diesmal ihre Hand und massiere sie! Wie hilflos, wie krank, wie liebeskrank! Wieso kann ich sie nicht anschreien, wieso klebe ich wie ein ängstlicher Hund an ihr, der sie sehen, sie spüren, sie riechen muss?

Claire ahnt, wie ich mich fühle, und deshalb redet und redet und redet sie. Ich höre zu und langsam verebbt die abweisende Stimme in meinem Inneren. Ich sage ja zu allem, zu all ihren Plänen, die irgendwann so groß werden, dass wir, um sie zu erfüllen, das ganze Leben miteinander verbringen müssten. Ich dagegen bin still, doch ich kann nur, um meine Verzweiflung niederzukämpfen, ihre Hand massieren, besessen, wie nie zuvor. Sie genießt es sichtlich und versichert mir, das sei besser als Sex, und ich frage masochistisch, wie denn ›das‹ mit Mauro sei. Doch darauf will sie nicht antworten, besonders mir gegenüber nicht. Aber dann meint sie, dass sie es mit ihm nicht oft will, aber dass er ein guter Begleiter sei, um endlich mal von allem wegzukommen.

Wir reden und lachen, so lange, bis ich sie nicht mehr halten kann und sie nach Hause will.

Ich bringe sie zum Auto. Wir umarmen uns, lange,

küssen uns, küssen uns lange. Schließlich steigt sie ins Auto, zündet sich zwei Zigaretten an und drückt mir, unangezündet, eine davon in die Hand. Dann startet sie den Motor, fährt bis zur Kreuzung, blinkt dort noch einmal, biegt schließlich nach links und ist weg.

Bewegungslos starre ich ihr hinterher. Jetzt ist die Kreuzung leer. Still und leer. Still, dunkel und leer.

Ich schließe meine Augen. Ein kühler Wind trifft mein Gesicht.

Auf einmal blendet mich etwas. Ihr Wagen, es ist ihr Wagen! Sie kommt zurück! Mit blinkenden Lichtern fährt sie genau auf mich zu. Jetzt Vollgas, und ich hätte endlich meine Ruhe.

Doch Claire bremst, kurz vor meinen Füßen. Dann springt sie aus dem Wagen und hastet, ungewohnt ernst, auf mich zu. Sie schwankt ein bisschen, fällt fast gegen mich, streckt ihre Arme aus und kreuzt sie hinter meinem Kopf. Wie ein Kind hängt sie sich an mich, schließt die Augen und küsst mich, ja, sie küsst mich! Ich spüre ihren Körper, ihre Zunge, ihre Wärme, ihr Verlangen – es ist wie ein Schock, so kenne ich Claire überhaupt nicht: Sie verlangt nach mir, und das ist es, was komplett anders ist als alles, was vorher zwischen uns war.

Wir küssen uns, die Welt um uns herum verschwindet, es gibt nur noch uns beide. Nein, eigentlich existiert nur noch sie und sonst nichts. Sie drückt sich an mich, als müsste sie all die Minuten, Stunden, Tage nachholen, in denen wir zusammen waren, ohne dass wir diese Nähe hatten. Wir küssen uns, und ich spüre, dass sie mit mir zurück in die Wohnung gehen und dortbleiben will, die ganze Nacht.

Wir küssen uns, endlich. Sie hat keine eigene Meinung mehr, sie macht nur noch, was ihr Gefühl ihr sagt und wartet, was mein Gefühl mir sagt.

Vorsichtig gehe ich einen Schritt rückwärts und sie folgt mir, mit geschlossenen Augen, blind. Ich könnte jetzt so weitergehen, bis wir bei mir sind. Doch auf einmal halte ich inne, mitten auf der Kreuzung, höre auf, sie zu küssen, sondern umarme sie nur noch. Ich halte sie fest, sehr fest. Doch mehr kann ich nicht – plötzlich will ich mehr als nur diese eine Nacht. Und so schaue ich Claire an, liebevoll, und sie öffnet ihre Augen.

Sie versteht, was ich will. Sie überlegt, doch dann schüttelt sie stumm ihren Kopf. Eine Nacht würde sie mir geben, eine Nacht auf der Überholspur, mehr nicht. Ich will aber mehr und so hebe ich sie in die Luft, wirbele sie einmal um mich herum, sie lacht, dann setze ich sie sanft auf den Boden. Wortlos führe ich sie zu ihrem Wagen, sie ist leicht irritiert. Vor ihrem Fahrzeug zögert sie, ich küsse sie ein letztes Mal, dann steigt sie ein, ich schließe die Autotür, sie startet und fährt davon. Ihr letzter Blick sticht mir ins Herz – so hat mich Claire noch nie angesehen.

Trotzdem: Sie hat sich entschieden, für ihn, nicht für mich. Wenn sie endlich entdeckt, was sie wirklich für mich empfindet, dann muss sie klare Verhältnisse schaffen. Eine Nacht in meinem Bett könnte ein einziger Rausch sein, diesen Rausch sucht sie ja immer. Doch er wäre morgen vorbei, aber, wie gesagt, ich will mehr, viel mehr.

Nie mehr verliebt – Tagtraum 21

Das älteste Spiel der Welt
Du umschwärmst sie, machst ihr Komplimente, zeigst dich von deiner besten Seite, bist Held, Traummann und Charmeur in einem. Du bist alles, nur eines nicht: aufdringlich. Im Gegenteil: Plötzlich, auf dem Höhepunkt deiner Offensive, ziehst du dich zurück, machst dich rar, sagst ihr ab, bist unerreichbar. Zuerst wird sie irritiert sein, dann wird sie toben, leiden, zittern und sich irgendwann unendlich nach dir sehnen. Ein teuflisches Spiel.

Vorteil:
Sie wird dich plötzlich ganz anders ansehen. Liebevoll, vielleicht auch nachdenklich.

Nachteil:
Es bricht dir das Herz, so ein Theater abzuziehen. Es kann sein, dass du für sie einen kurzen Augenblick lang ein cooler Typ bist, aber gewinnen wirst du sie trotzdem nicht.

Sie ist weg. Ich musste sie ziehen lassen, meine Gründe waren nicht nur taktischer Art. Irgendetwas stimmt nicht zwischen Claire und mir, nur was das ist, weiß ich nicht.

Ich atme tief ein, dann öffne ich die Augen. Ich stehe noch an der Kreuzung, doch die letzten Minuten waren nichts als ein billiger Wunschtraum. Claire ist nicht zurückgekommen, ich habe sie nicht, ehrenhaft, zu ihrem Wagen gebracht und sie hat mir keinen letzten, herzzerreißenden Blick zugeworfen.

Nein, es ist alles viel endgültiger: Sie ist weg, und das war's. Kein Schönträumen mehr. Sie will ihn und nicht mich. Basta.

Donnerstagnacht: wie gelähmt

Zehn Minuten später.

Sie ist weg, doch die Welt dreht sich erstaunlicherweise weiter.

Ich kann nicht mehr stehen, also setze ich mich auf den Gehweg meiner Kreuzung und starre auf den Aphalt. Da ich Schuhe trage, spüre ich die Wärme nicht, die noch in dem dunklen Fahrbahnbelag gespeichert ist.

Sie ist weg. Zehn Minuten sind bereits vergangen. Ich vermisse sie schon jetzt. Übermorgen ist sie bereits auf ›ihrer‹ Insel. Mit ihm. Wie viele Menschen fühlen in diesem Moment genau dasselbe wie ich – Hunderte, Tausende, Zehntausende?

Ich starre in die Richtung, in der ihr Wagen verschwunden ist. Dann wandert mein Blick auf das Haus, in dem ich wohne. Was erwartet mich dort? Die erbärmlichen Reste eines weiteren, irrwitzigen Claire-Rausches: leere Champagnergläser, leere Prosecco-Flaschen, volle

Aschbecher? Die gelbe Café-del-Mar-CD wird sich noch drehen, dagegen steht der Kochtopf mit dem thailändischen Hähnchenfilet nahezu unberührt auf dem Herd. Der Geruch ihres Parfums hat jeden Winkel der Küche erobert, trotzdem war sie nicht da, nicht wirklich da. Im Moment will ich nicht in diese Wohnung zurück. Ich merke, dass meine Hände zittern und mir speiübel ist. Alles dreht sich, sogar im Sitzen. Jetzt wäre ein guter Zeitpunkt, ein neues Leben zu beginnen. Ich könnte zum Beispiel wieder mit dem Rauchen anfangen oder von der Spitze des Fernsehturms springen. Leider bin ich aktuell nicht in der Lage, den zweiten Vorschlag erfolgreich hinter mich zu bringen, aber irgendwann ziehe ich das durch, ich wollte schon immer hoch hinaus, es musste immer höher sein, als ich eigentlich sollte. Also zünde ich mir, nach Jahren der Abstinenz, eine Zigarette an. Todesverachtend atme ich den giftigen Stoff in meine Lungen. Jetzt wird mir richtig schwindlig.

Unser Marder, der wieder unter dem BMW meiner Nachbarn hockt, richtet seine glühenden Augen auf mich und wirft mir einen verächtlichen Blick zu. Na und, was weißt du schon, du dämliches Vieh? Du bist Einzelgänger, du hast null Ahnung von dem, was ich gerade durchmache! Wütend ziehe ich meine Schuhe aus und schleudere sie quer über die Straße, die Socken werfe ich gleich hinterher. Unser Bezirksmarder keift böse, dann verschwindet er im nächstgelegenen Garten.

»Verschwinde«, rufe ich laut, »verschwinde endlich! Mehr, als einfach zu verschwinden, kannst du ja nicht!«

Niemand hört mich. Nicht mal irgendein dämlicher Hund bellt.

»Diese Hure!«, brülle ich weiter, »sie fährt mit ihm in den Urlaub, sie fährt mit ihm in die Ferienhütte ihrer Tante! Dort springen sie in den Pool, schlürfen Austern auf der Terrasse und genießen, eng umschlungen, die letzten Strahlen der Sonne! Dann, während sie erneut miteinander schlafen, versinkt die Sonne schamlos romantisch im Meer, schließlich sind sie auf Ibiza, an der Westküste von Ibiza! Es ist die pure Postkartenidylle, wenn nicht dort, wo dann?«, lalle ich zynisch.

Noch immer bellt kein Hund. Wenn es in Degerloch mal mehr Katzen als Hunde gibt, ziehe ich um.

Nichts, niemand hört mein Geschrei. Kein Wunder: Die Leute im Viertel schalten nachts ihre Hörgeräte aus, einmal Schwabe, immer Schwabe.

»Huuure!«, lalle ich noch einmal, »verfliii...xte...Hure!«

Wütend werfe ich die brennende Zigarette weg. Sie landet in der Mitte der Kreuzung, schlägt einige Funken, rollt noch ein Stück und bleibt dann, immer noch brennend, liegen. Ich Loser: Nicht mal diese Glut krieg ich aus! Ich lasse mich nach hinten fallen und lege mich auf den Rücken. Der Teer ist warm, der Himmel ist irgendwo über mir. Ich kann keine Sterne sehen, die orangen Straßenlampen sind zu hell. Außer, dass mir eine peinliche Träne über die Wange läuft, passiert nichts. Ich bin leer und mir geht's hundeelend.

Und jetzt?

Keine Ahnung.

Sie hat mich beraubt. Sie hat mich der Aufgabe beraubt, mir Tag und Nacht über sie Gedanken zu machen! Sie hat mich der Bequemlichkeit beraubt, dass immer jemand da ist und ich nie mehr allein bin. Das ist Raub, das ist Raubmord an meinem bisherigen Leben!

Bevor ich wegdämmere, denke ich noch:

›Hoffentlich pinkelt unser Bezirksmarder mir nicht in die Schuhe.‹

Mit einem Ruck wache ich auf.

Wie lange hab ich geschlafen?

Egal.

Ich bin zwar immer noch ziemlich betrunken, aber der Schlaf hat gutgetan.

Der Asphalt ist warm und erinnert mich an die Nächte am Strand von Le Lavandou. Meine französischen Freunde und ich hatten ein Feuer gemacht, dann die Glut mit Sand bedeckt und auf dem warmen Untergrund geschlafen. Bequemer noch als im VW-Bus.

Grandios.

Frederik! Ich muss zu Frederik! Er ist der einzige Mensch auf der Welt, den ich um drei Uhr morgens rausklingeln kann, ohne dass er auch nur ein bisschen angesäuert wäre. Und der sofort kapiert, was los ist.

Ich springe auf und renne die Straße hinunter. Ich weiß nicht wieso, aber ich muss plötzlich rennen, so schnell ich kann. Der Wind bläst mir ins Gesicht und ich denke, es ist schon unglaublich, dass Frederik und ich es immer geschafft haben, nur wenige Häuser voneinander entfernt zu wohnen. Jeden Sonntagvormittag gehe ich zu ihm, trinke meinen Kaffee, wir reden irgendwas, dann ver-ziehe ich mich wieder.

Ich biege um die nächste Ecke und hetze in Richtung einer modernen Wohnanlage. Dort springe ich die Außentreppe hoch und denke plötzlich, vielleicht sollte ich Claire anrufen und ihr sagen, dass ich sie sehen will, sehen muss!

Auf der obersten Stufe halte ich inne. Alles dreht sich, auch meine Gedanken drehen sich im Kreis. Soll ich Claire anrufen? Eigentlich *muss* ich sie anrufen! Ich muss ihr sagen, dass ich sie sehen muss, um noch mal über alles zu reden,

sie sehen muss,

reden muss,

sie sehen muss,

reden muss ...

Nie mehr verliebt – Tagtraum 22

Sag's ihr
Wenn sie weg ist, wenn sie gerade Schluss gemacht hat, vor wenigen Minuten, und du merkst, dass du vollkommen neben der Spur bist und nichts hilft, außer noch mal mit ihr zu reden, dann tu das! Rede mit ihr, ruf sie an! Sofort!
Sag ihr, dass du sie sprechen musst, unbedingt!
Sag ihr, dir sei noch was eingefallen, etwas, das dein und ihr Leben komplett ändern wird!
Sag ihr, dass du sie liebst, dass du sie für den Rest deines Lebens lieben wirst, dass du nicht ohne sie leben kannst, nie mehr!
Rede dich um Kopf und Kragen, aber rede mit ihr, sag ihr alles!

Vorteil:
Es tut dir gut. Wohlgemerkt: Dir tut es gut.
Nachteil:
Auch wenn du ihr Hymnen ins Ohr säuselst, wenn du ihr die wunderbarsten Zeilen zuhauchst, die ein Mann je einer Frau widmen kann, es wird nichts, aber auch gar nichts ändern:
Keine Frau hat, nachdem sie sich entschieden hat, sich von einem Mann zu trennen, diese Entscheidung jemals rückgängig gemacht.
Ich jedenfalls kenne keinen solchen Fall.

Ich halte mich am Geländer fest und japse nach Luft. All meine Gedanken drehen sich immer noch im Kreis:

sie anrufen, ja oder nein? Doch dann tippe ich mit meinem Zeigefinger zweimal auf die Türklingel. Jetzt weiß Frederik, dass ich es bin.

Ich warte.

Der riesige Busch, dessen Äste bis in den ersten Stock wachsen, riecht aufdringlich nach Honig. Ich will ja nicht rumjammern, aber mir ist übel, richtig übel.

Frederiks verschlafenes Gesicht erscheint am Eingang. Er schiebt die Tür weit auf, dann dreht er sich ganz selbstverständlich um und verschwindet im Flur.

Dabei sagt er laut:

»Alter!«

Ich antworte:

»Alter!«, auch wie immer.

Es ist, wie ich es erwartet habe: Dass ich ihn mitten in der Nacht wecke, ist kein Problem. Ein Blick von ihm genügt, und er weiß, was los ist. Genau das brauche ich jetzt: etwas Vertrautes. Etwas, das es leichter macht, mit dem miesen Gefühl in meinem Magen umzugehen – diesem Gefühl der Ablehnung.

Nie mehr verliebt – Tagtraum 23

Ablehnung
Auch wenn es Momente gab, in denen sie dich wollte, körperlich wollte, so weigert sie sich trotzdem, eine Beziehung mit dir einzugehen.

Diese Ablehnung deiner Person ist ein Gefühl, das du nur schwer verdauen kannst. Du hast ihr alles gegeben, hast dich von der besten Seite gezeigt, warst witziger, impulsiver, wagemutiger, als du es normalerweise bist, und trotzdem lehnt sie dich ab.
Diese Ablehnung von dir als Person packst du nicht, es zieht dir den Boden unter den Füßen weg, das ist einfach zu viel für dich.

Vorteil:
Nimm es als Übung für das Leben:
Ablehnung gibt es immer und überall und jeden Tag.
Außerdem: Was kann sie dafür, dass sie dich nicht liebt?

Nachteil:
Das Gefühl, abgelehnt zu werden, ist und bleibt das Übelste, was es gibt. Im Grunde stellt es dich und deine ganze Existenz in Frage.

»Claire«, murmelt Frederik wissend und verschwindet in der Küche.

Er trägt ein weites, hellblaues, gebügeltes Hemd und eine, dunkle, kurze Hose. Normalerweise gehe ich in die Küche und nehme mir einen Kaffee aus der noch heißen Kaffeekanne. Doch diesmal schlurfe ich in das große Wohnzimmer und setze mich ans Fenster. Der Blick auf die umliegenden Villen und die Silhouette der Schwäbischen Alb ist grandios. Frederik kommt aus der Küche zurück und hat zwei Gläser und einen Grapefruitsaft in den Händen. Eigentlich müsste ich mich bei ihm richtig volllaufen lassen, so wie Männer das eben machen, aber ich bin schon betrunken, und zwar reichlich.

Der beste Freund von allen setzt sich an die Stirnseite einer langen, weißen Tischplatte. Auf ihr befinden sich etliche Reiseführer, zwei kunstvoll geschnitzte Elefanten aus schwarzem Holz und zahllose Muscheln und Gewürztüten aus weit entfernten Ländern der Erde. Dort, wo Frederik sitzt, liegen gut ein Dutzend Stifte. Die dazugehörigen Kappen befinden sich selten da, wo sie hingehören. Am meisten Platz nimmt jedoch eine Zeichnung ein, die aus Hunderten von feinen, schwarzen Strichen besteht und sehr an einen hochkünstlerischen Comic erinnert: Es ist der auf hauchdünnes Papier gekritzelte Entwurf eines Kindergartens.

Frederik schenkt sich und mir ein, dann greift er zur Zigarettenschachtel. Gleichzeitig trifft mich sein wissender Blick.

»Sie heiratet, und du sollst ihr Trauzeuge sein«, frotzelt er.

Sehr witzig. Er sieht mir doch an, was los ist!

»Schlimmer«, antworte ich trocken.

Egal, was er sagt, Hauptsache, wir reden. Irgendwas.

»Sie ist schwanger, aber nicht von dir«, kombiniert er.

»Schlimmer«, antworte ich.

»Schlimmer?«, fragt Frederik und überlegt. Dabei schaut er aus dem Fenster und steckt sich eine Zigarette in den Mund, ohne sie jedoch anzuzünden.

»Sie hat dir gestanden, dass sie dich liebt und deshalb will sie zu dir ziehen und ihr Leben mit dir verbringen. Dir ist das aber zu viel und nun weißt du nicht, wie du sie loskriegen sollst«, vermutet er.

Wenn ich nicht sofort sage, was wirklich passiert ist, zählt er wieder all die – in seinen Augen – umwerfenden Frauen auf, denen ich irgendwann den Laufpass gegeben habe.

»Sie fliegt mit ihm nach Ibiza. Zwei Wochen«, murmle ich.

Frederik lächelt plötzlich.

»Bingo, das ist der Jackpot!«, erwidert er und grinst breit.

»Da wollte sie eigentlich mit mir hin«, füge ich frustriert hinzu.

»Im Urlaub gibt's immer Streit«, beharrt er, »sie kommt zurück und trennt sich von ihm, todsicher.«

Was, wenn er recht hat? Was, wenn ein Wunder passiert? Streit, Trennung, Totschlag – ich liebe Wunder!

Frederik zündet sich seine Zigarette an und malt mir aus, wie die beiden sich in die Haare kriegen, so mit Geschirrwerfen, Tobsuchtsanfällen und ›Ich-schlafe-heute-auf-dem-Sofa‹-Aktionen.

Ich erzähle, wie schwierig Claire werden kann, wenn es nicht nach ihrem Kopf geht, wie schnell sie etwas stört, und vor allem, wie schnell sie sich eingeengt fühlt, wenn sie nicht machen darf, was sie will. Meine Stimmung verbessert sich nicht wirklich, trotzdem hilft das viele Reden. Jede schlechte Eigenschaft, die ich an Claire entdecke, hilft mir, weniger für sie zu empfinden – ich komme mir vor wie ein Boxer, der, je mehr er auf den andern einschlägt, desto weniger selbst einstecken muss. Nur so überlebe ich das alles: beim besten Freund sein und reden und reden und reden.

Nie mehr verliebt – Tagtraum 24

Unendlich lange und immer wieder über sie reden
Rede über sie, rede Tag und Nacht über sie,
rede unsinniges Zeug über sie, egal.
Es wird ihre Entscheidung nicht ändern, denn du sprichst ja nicht mit ihr, du sprichst nur über sie. Aber du brauchst das, du brauchst dieses unsinnige, sinnlose Reden. Auch wenn all deine Gesprächspartner gegen sie sind, Hauptsache, es geht um sie.
Nur das hilft dir im Moment:
Über sie zu reden, bedeutet an sie zu denken – zu etwas anderem bist du sowieso nicht fähig, also was soll's?

Vorteil:
Die vielen Worte verändern mit der Zeit nicht nur das, was passiert ist, sondern sie verändern auch den Blick auf die Frau, die an allem schuld ist. So wird aus einer Heiligen eine Hure.

Nachteil:
Wirklich besser wird es dir nur sehr, sehr langsam gehen.

Draußen dämmert es. Ich lümmle mich immer tiefer in Frederiks Designersessel, ein Teil, das ausnahmsweise schön und bequem ist. Ich denke gerade, dass ich stundenlang über Claire reden könnte, als der Kerl plötzlich das macht, was ein bester Freund immer macht, wenn er wirklich ein bester Freund ist: Er sagt die Wahrheit, erbarmungslos. Wenn nicht der beste Freund einem die Wahrheit sagt, wer dann?

Frederik findet, ich sei zu nett, zu hilfsbereit, was die meisten Frauen absolut nicht abkönnen. Außerdem passen Claire und ich ›null‹ zusammen: Sie hängt nächtelang in Clubs herum, spricht von Unabhängigkeit, lebt jedoch vom Geld ihres Vaters. Vor allem aber ist sie Mitte Zwanzig, also sowieso zehn Jahre zu jung für mich.

Volltreffer. Frederik hat recht, verdammt recht. Doch im Moment will ich die Wahrheit nicht hören, im Moment will ich nur meine Ruhe haben, um wieder in Ruhe an sie denken zu können. Deshalb verziehe ich mich nach einer Weile, es ist sowieso schon nach vier. Ich bin dankbar, dass Frederik mir geholfen hat, doch es ist gut, wieder allein zu sein.

Als ich über die kalten Platten vor seinem Haus gehe habe ich plötzlich das Gefühl, irgendetwas unternehmen zu müssen. Irgendetwas muss passieren, ich weiß nur nicht, was ...

In Schlangenlinien wanke ich die Straße entlang.

Es dämmert, die Vögel zwitschern aufdringlich laut und im Osten wird der Himmel bereits violettrot.

Erst jetzt merke ich, dass ich keine Schuhe trage. Also hetze ich, so schnell ich kann, zu meiner Kreuzung zurück. Da liegen sie noch, mitten auf der Straße, die Socken sind ebenfalls noch da.

Ich setze mich auf den Gehweg und ziehe alles, Socken und Schuhe, wieder an. Dabei frage ich mich ernsthaft, ob der Bezirksmarder wohl in meine fremdriechenden Treter gepinkelt hat? Eigentlich glaube ich das nicht, wenn aber doch, hat der kleine Kerl ja nur sein Revier verteidigt.

Das ist es! Im Bruchteil einer Sekunde habe ich einen geradezu grandiosen Einfall: Ich muss mein Revier markieren, ich muss ein Zeichen setzen – vor ihr, vor der ganzen Welt! Lieber, kleiner Marder, ich danke dir!

Sekunden später sitze ich in meinem Saab. Auf einmal dreht sich alles. Aber statt wieder aus-zusteigen, gebe ich

Gas. Jetzt, wo ich weiß, was zu tun ist, kann mich keiner stoppen, selbst wenn ich erwischt werde und ich für den Rest meines Lebens Fußgänger bin. Dann fährt Claire mich eben für den Rest meines Lebens. Das macht sie gern, Mauro hat bestimmt auch keinen Führerschein! Ein Zeichen setzen, genau! Ich fühle mich großartig, was für ein unglaublicher Einfall! Ich fühle mich so gut, wie schon lange nicht mehr.

Ich fahre Richtung Esslingen. Wo war noch mal der Mittelstreifen?

Nie mehr verliebt – Tagtraum 25

Zeichen setzen
Wenn du sie liebst, wirklich liebst, sie dich aber trotzdem in die Wüste schickt, liegt das vielleicht daran, dass du ihr nicht deutlich genug gezeigt hast, dass du sie liebst – abgöttisch, unendlich, überirdisch, wahnwitzig, traumatisch, wollüstig, hingebungsvoll etc.
Was also kannst du tun, damit sie überzeugt ist, dass sie dir wichtig ist?
Ganz einfach:
Schenke ihr nicht die längste Rose der Welt, schenke ihr gleich einen ganzen Container roter Rosen. Den schicke an ihre Arbeitsstelle, dann weiß jeder potenzielle Konkurrent, was los ist, zum Beispiel ihr Chef, ihre Kollegen, ihre Kunden.
Oder binde eine rosarote Schleife an ihr Auto, so riesig, dass kein Nachbar daran vorbeigehen kann.

Oder veröffentliche ein Liebesgedicht an sie im Internet, in dem immer wieder ihr Vor- und Nachname vorkommt.
Oder schalte Anzeigen in der größten Zeitung der Stadt, natürlich ganzseitig, vielleicht ein Foto von euch beiden aus glücklichen Tagen.
Oder male ein riesiges Herz an ihre Haustür oder schnitze ihren Namen in jeden denkmalgeschützten Baum im Park oder spraye ihren Namen nebst Liebeserklärung ans historische Rathaus der Stadt oder über alle Fahrplan-Plakate im Bahnhof oder an die weiße Wand des neuen Kunstmuseums im Zentrum, oder oder oder ...
Egal, wie schwachsinnig das ist, was du tust, tu etwas! Du bist so am Arsch, du kannst nur gewinnen.

Vorteil:
Wenn sie aus irgendeinem unerfindlichen Grund ablehnend auf deine Liebesbeweise reagiert, dann habe Nachsicht mir ihr: Sie ist auch nur ein Mensch. Immerhin hast du nun gelernt, was du tun musst, solltest du dich wieder einmal verlieben und wollen, dass dich diese neue Frau für immer in ihr Herz schließt.

Nachteil:
Gut: Sie wird auf dich aufmerksam werden, die ganze Stadt wird auf dich aufmerksam werden. Alle werden deine und ihre Geschichte kennen. Sie wird täglich an dich erinnert werden, weil alle Leute jetzt von ihr erwarten, dass sie dich besucht. Vielleicht besucht sie dich tatsächlich – im Knast, im Schuldnergefängnis oder in irgendeiner Besserungsanstalt.

Vielleicht bringt sie dir auch etwas mit, irgendetwas Selbstgebackenes, eine Torte zum Beispiel. Aber rechne nicht damit, dass sie die Tortenoberfläche mit einem Herz verziert und darauf ›ich liebe dich‹ schreibt.

Irgendwie bringe ich es fertig, zwischen Randstein und Mittelstreifen zu bleiben und unfallfrei bis in das beschauliche Städtchen zu fahren, in dem Claire wohnt.

Es ist Freitag, kurz vor fünf. Am Samstag fliegt sie, bis zum Samstag gewinne ich sie zurück! Sie wird mit mir auf die Insel fliegen, nicht mit ihm. Im Kofferraum liegt, von meinem letzten Dreh mit meinen Filmstudenten, eine gelbe Spraydose. Es ist ein kräftiges Gelb, es ist Sonnengelb. Das wird sie überzeugen, sie liebt Sonnengelb.

In Esslingen angekommen rase ich auf menschenleeren Straßen Richtung Altstadt. Doch ich fahre nicht zu ihr, sondern folge dem Schild: ›Historische Burg, Parkplatz‹.

Während ich eine ansteigende Straße nach oben fahre, lache ich die ganze Zeit. Schließlich biege ich nach links und habe mein Ziel erreicht: Es ist die Esslinger Burg. An schönen Tagen bekommt man auf dem Parkplatz selten einen freien Platz, doch jetzt, kurz vor Sonnenaufgang, steht hier nur ein einziger Wagen. Auch auf dem Weg zu der historischen Anlage begegnet mir niemand, nur ein paar Krähen fühlen sich von mir gestört. Ich hetze durch den großen Hof im Inneren der Burganlage. Die Luft ist kühl, doch man spürt schon jetzt, dass es einen weiteren, heißen Tag geben wird. Ich liebe es, wenn schon der Morgen darauf hindeutet, dass in wenigen Stunden alles ganz anders sein wird: Die Kälte wird weichen, die Hitze wird kommen, und niemand kann gegen diese dramatische Veränderung etwas tun. Genau so wird es nach meiner grandiosen Aktion sein: Alles wird anders sein – dramatisch anders!

Ich haste vor bis zur berühmten Burgmauer, dahinter geht es steil in die Tiefe. Die Mauer selbst ist auf ihrer gesamten Länge mit einem schmalen Holzdach überbaut. Von hier oben hat man einen atemberaubenden Blick auf die eng aneinandergebauten historischen Häuser der Altstadt. Die dicke Mauer mit dem schmalen, hölzernen Dach ist, neben dem malerischen Stadtkern, das Wahrzeichen des Ortes. Und genau hier oben werde ich, für alle und jeden sichtbar, ein Zeichen setzen!

Es dauert einen Moment, bis ich das Fachwerkhaus entdecke, in dem Claire wohnt. Von meinem Blickwinkel aus sehe ich nur eine kleine Ecke ihres Wohnzimmerfensters, doch das genügt mir. Ich beuge mich weit über die kalte, steinerne Brüstung, ziehe meine Sprayflasche hervor, ein leuchtendes, freundliches Sonnengelb, und beginne mit meiner grandiosen Aktion:

Ich schreibe ihr das Süßeste, Zärtlichste, Wunderbarste, Originellste, Schönste, Anrührendste, Herzzerreißendste, was ein Mann einer Frau auf das berühmteste Bauwerk einer Stadt sprayen kann. Ich schreibe: ›Claire, ich liebe dich!‹ Alle ihre Freunde, alle ihre Nachbarn, alle ihre Feinde sollen es sehen! Alle, die sie mögen, die sie begehren, alle, die ihr nachstellen, alle, die nur davon träumen, ihr nahe zu sein, für alle Menschen dieser Stadt und darüber hinaus spraye ich meine Liebesbotschaft an die Wand! Jeder soll es wissen: So wie ich sie liebe, so liebt sie keiner! Damit sie endlich kapieren: Wenn jemand eine Frau so sehr liebt, wie ich sie liebe, dann gehört sie ihm, ihm allein!

Und während ich spraye und sich meine Gedanken im Kreis drehen, beginne ich zu lachen. Ich lache ziemlich laut und muss aufpassen, dass ich nicht die ganze Stadt wecke. Während ich spraye, werden meine Bewegungen größer und größer. Ich strecke mich, soweit ich kann, in die Tiefe, damit meine Liebeszeichen auch aus weiter Ferne gut zu lesen sind. Jeder, der heute in dieser Stadt erwacht, wird sehen, dass Claire geliebt wird, unendlich geliebt wird!

Am Ende setze ich noch ein, nein, drei Ausrufezeichen hinter den letzten Buchstaben, torkle dann rückwärts, da mir vom langen Kopfüberhängen plötzlich schwindlig ist. Ich stolpere zurück, falle gegen die dicke Sandsteinmauer, rutsche auf den Boden, rieche den Alkohol aus meinem Mund, mir wird übel und ich übergebe mich genau da, wo ich gerade liege: im berühmten Gang der berühmten Stadtmauer in genau jener Stadt, in der die Liebe meines Lebens, wenn sie erwacht, zu Tränen gerührt sein wird, sofern sie einen Blick auf das Wahrzeichen ihrer Stadt wirft.

Nach dem ersten ekligen Schwall würge ich noch ein bisschen, halte mir die Nase zu und stehe schwankend auf. Mein Hemd hat etwas abbekommen, aber ich fühle mich prächtig: Ich habe ein großartiges Zeichen gesetzt, das kann sie nicht ignorieren.

Ich hebe die Spraydose auf, schlurfe zu meinem Saab und fahre schlangenlinienförmig nach Hause. Es ist wie in einem guten, alten Western: Der Held hat gekämpft und gesiegt und reitet am Schluss in die aufgehende Sonne. Zugegeben: Eigentlich geht im Film am Schluss die Sonne immer unter, aber für mich fängt alles erst an, also geht bei mir die Sonne auf, so einfach ist das.

Zu Hause parke ich an der üblichen Stelle, gehe kurz zur Kreuzung und hebe die Zigarette auf, die ich vor einigen Stunden hier weggeworfen habe. Ich hasse Zigarettenkippen auf dem Asphalt – ein historisches Gebäude zu verschandeln ist eine Sache, eine lebenserhaltende Sache, aber eine Kippe, die auf meiner Kreuzung herumliegt, ist eine Frechheit.

Immer noch grinsend betrete ich meine Wohnung und falle, ohne mich auszuziehen oder zu duschen, ins Bett.

Eins ist sicher: Claire ruft nachher an, wahrscheinlich noch vor eins. Oder noch besser: Sie ruft nicht an, sie kommt vorbei – mit Tränen in den Augen, zuzüglich hingebungsvollem Blick. Ach, wie schön.

Ich sage mir selbst gute Nacht, lache noch einmal und schlafe ein.

›Claire, ich liebe dich!‹ – in großen, sonnengelben Buchstaben, für alle sichtbar, hoch über der Stadt! Das wird sie noch in Jahren unseren Kindern erzählen.

Samstagmittag fliegt sie nach Ibiza. Aber todsicher nicht mit ihm.

Freitag: Leerlauf

Ich schrecke hoch.

Wer bin ich, wo bin ich, wie lange habe ich geschlafen? Ist es schon Samstag, ist sie schon weg?

Entwarnung: Es ist Freitag, Freitagvormittag, gegen halb elf. In anderthalb Stunden, um eins, wird Claire anrufen. Sie wird mir sagen, dass sie vollkommen geschockt sei, eine solche Liebeserklärung habe sie noch niemals bekommen. Dazu noch in ihrem Lieblingsgelb! Claire wird sofort vorbeikommen, um mich zu sehen. Dann können wir klären, wo wir ihr Sofa, ihr Bambusregal und den Schreibtisch hinstellen. Da meine Hausbesitzerin keine Tiere erlaubt, kommen die Katzen eben zur Tante. Als gemeinsames Bett wäre Claires Bett vorzuziehen, das Sondermaß zwei mal zwei Meter ist einfach praktikabler.

Mühsam krame ich mein Handy aus meiner Jeans. Ich habe drei neue Nachrichten. Das Nirwana, in dem ich war, muss besonders weit weg gewesen sein, ich habe kein Klingeln gehört. Sämtliche Nachrichten sind eine Enttäuschung: Alle wollen was von mir, nur Claire nicht. Auch das rote Licht vom Festnetz-Telefon ist aus.

Mir ist warm. Ob ich je meine Kleider ausziehe? Immerhin bin ich in meinem Schlafzimmer gelandet, nicht auf dem Küchenboden.

Ich stelle den Handywecker, dann dämmere ich weg.

Kurz nach zwölf wache ich auf.

Claire! Ich muss ihr sofort ein Zeichen setzen! Ich muss ihr sofort sagen, dass ich sie abgöttisch, irrsinnig, herzzerreißend ...

Stopp! Das Zeichen meiner unersättlichen Liebe habe ich ihr längst gegeben, ganz Esslingen kennt es mittlerweile.

Ich schaue auf mein Handy.

Kein Anruf, keine SMS, nichts. Claire schläft noch, auch gut. In knapp einer Stunde wacht sie auf, wirft einen Blick auf die Burg und fühlt sich wie eine Prinzessin.

Mühsam schleppe ich mich ins Wohnzimmer. Dort ziehe ich mein Hemd aus, mehr schaffe ich momentan nicht. Mir ist immer noch speiübel und ich habe einen ekligen Geschmack im Mund.

Ich lasse mich auf die schwarze, japanische Matratze fallen, die zentral auf einem dicken, beigen Wollteppich liegt. Die dunkelrote, lange Decke schiebe ich zur Seite und die Verpackungsreste von Claires Lieblingsschokolade puste ich so weit es geht von mir. Genüsslich atme ich ein und kann dem schwarzen Bezugsstoff einen letzten Rest von Claires Parfum entlocken. Ich liebe meine japanische Matratze, sie kommt immer dann zum Einsatz, wenn wir unsere Pizzen gegessen haben und Claire mich auf einmal versonnen anschaut und sagt:

»Rrrrobert, massierst du mich?«

Dann nicke ich immer, schnappe unsere Gläser und gehe mit ihr hierher, in unser ›japanisches‹ Zimmer. Während sie sich die Haare hochsteckt, schiebe ich Césaria Évora in den CD-Player und drücke auf Start. Sie liegt unterdessen schon bäuchlings auf der schwarzen Matratze, ich setze mich vorsichtig auf ihre Oberschenkel und beginne mit der Massage.

Zuerst knete und streichle ich ihren Rücken, ihre Schultern und ihren Nacken, aber nach einiger Zeit wandern meine Hände auch über andere Stellen ihres Körpers, wogegen Claire nur ab und zu protestiert. Je mehr sie meine Berührungen genießt, desto ausgiebiger redet sie – nur damit ich nicht aufhöre und damit das, was wir tun, als etwas vollkommen Harmloses erscheint. Manchmal dreht sie sich sogar auf den Rücken, die Augen immer geschlossen und besonders im Sommer, wenn sie nur einen leichten Rock und ein bauchfreies Top anhat, streichen meine Hände mal kräftig, mal sanft wie eine Feder über so ziemlich jede Stelle ihrer wunderbaren, weichen Haut.

Nie mehr verliebt – Tagtraum 26

Sex
Erinnere dich an all den Sex, den du mit ihr hattest. Erinnere dich genau, wie es war, erinnere dich an alle Details:
Wie hat sie geküsst, wie hat sie dich umarmt, wie war das, als du in sie eingedrungen bist, wie war es in ihr, wie war es, wenn du, wenn sie gekommen ist?
Wenn du Glück hast, dann hängt dir das irgendwann zum Hals raus, denn du erinnerst dich auf einmal auch an die Momente, wo es gar nicht so leidenschaftlich war wie am Anfang. Du erinnerst dich an die Male, wo ihr nur miteinander geschlafen habt, weil ihr geglaubt habt, dass ihr damit eure Beziehung rettet.

Vorteil:
Wenn du dir endlich auch die schlechten Situationen vorstellen kannst, die du mit ihr erlebt hast, wird dich das ein bisschen ruhiger machen. Dazu bedarf es allerdings einer Menge an Konzentration.

Nachteil:
Wenn du doch nur an die schönen Momente mit ihr denken kannst, dann werden wunderbare, äußerst sinnliche Bilder auftauchen. Du siehst diese Bilder ganz genau, sie wirken realer als real. Du siehst,

wie sie, unendlichverliebt, jemanden küsst. Leider siehst du auch, dass nicht du es bist, den sie küsst und verliebt anschaut.

Ich schließe die Augen, nehme ihren Geruch in mich auf, und es ist, als sei sie da.

Ich muss kurz weggedämmert sein, denn ich schrecke plötzlich hoch.
   Zwölf Uhr sechsundfünfzig.
   Vier vor eins.
   In vier Minuten ruft sie an.
   Es ist Freitag, da meldet sie sich selten, aber heute wird sie anrufen, ich weiß das.

Eine Minute nach eins.
   Nicht schon wieder dieses Spiel! Sie ruft an, ganz sicher! Ich warte. Bewegungslos starre ich auf mein Handy. Schließlich erlischt die leuchtende Oberfläche. Bis die Minute zu Ende ist warte ich noch ab, dann schalte ich das Gerät wieder ein. Auf dem Display steht jetzt ›13:02‹. Die Zahlen sind schmal und ansprechend, aber sie sagen nichts über denjenigen aus, der auf sie schaut. Ich sollte etwas trinken, nur, um den bitteren Geschmack aus meinem Mund zu bekommen. Ich sollte, aber ich kann hier nicht weg.

Sie müsste es mittlerweile gesehen haben, sie schaut oft rauf zur Burg, sie mag dieses alte Gemäuer. Immer wieder schalte ich das Display ein und starre darauf.

Ihr Parfum ist auch in der dunkelroten, langen Decke versteckt. Irgendwann, am frühen Morgen, wenn meine Massage sie hat einschlummern lassen, kuschle ich mich an sie und döse ebenfalls weg. Nicht lange, manchmal nur eine halbe Stunde. Dann rührt sie sich irgendwann und ich bin sofort wach. Sofort küssen wir uns, lange. Schließlich steht sie auf und geht. Alles soll sein wie immer: beste Freunde, ein Leben lang. Trotzdem: Ich kann mir nicht vorstellen, all das mit einer anderen Frau zu erleben. Ich kann mir überhaupt nichts anderes mehr vorstellen, mit niemanden mehr.

Ich warte. Ich warte einfach mal ab.

Vierzehn Uhr irgendwas.

Nichts ist passiert.

Ich habe Mails bekommen, die ich nicht lesen, und Anrufe erhalten, die ich nicht beantworten will. Ich bin im Tunnel, es gibt nur sie.

Fünfzehn Uhr irgendwas.

Eine weitere verlorene Stunde.

Es ist ungewohnt, nichts zu tun, aber es geht nicht anders. Claire wird nicht anrufen. Wahrscheinlich findet sie mein Liebesgesülze doch nicht so prickelnd und fühlt sich bedrängt.

Mühsam stehe ich auf und schließe die Fensterläden. Sofort ist die Welt da draußen weg, ein Lichtblick. Ich hole meinen Laptop, aber nicht zum Schreiben, sondern um mir einen Film anzusehen. Der große, dicke Meister des Suspense hat viel von Frauen verstanden. Und noch mehr von Männern, die sich wegen ihnen zum Narren machen:

Nie mehr verliebt – Tagtraum 27

Vertigo
Sie war haargenau dein Frauentyp, sie war einfach perfekt:
Haarfarbe, Augenfarbe, Mund, Figur, Lachen, wie sie sich kleidet, ob Typ unternehmungslustig oder ob eher Zu-Hause-Typ, ob kinderlieb oder ob eher nicht.
Sie ist weg, aber eigentlich willst du keine andere Frau mehr in deinem Leben.
Gut, dann gibt's nur eines: Such dir eine Frau, die ganz genau so ist wie sie: dasselbe Aussehen, dasselbe Verhalten, dieselben Interessen. Wenn sie nicht so ist, dann verändere sie – so lange, bis die Neue das genaue Spiegelbild von ihr ist. Wenn du nicht weißt, wie das geht, dann schau dir Hitchcocks ›Vertigo‹ an.
Wichtig: Akzeptiere keine Abweichungen!

Vorteil:
Das Leben wird leicht und überschaubar.
Du machst dir eine Liste und checkst jede Frau Punkt für Punkt durch.
Frauen stört so eine Liste nicht, denn Frauen machen das ganz genauso: Sie checken Männer auch Punkt für Punkt durch. Immer.

Nachteil:
Schau dir von ›Vertigo‹ nie das Ende an.

Kurz bevor die grandiose, weltberühmte Einstellung kommt, in der man das Gefühl hat, selbst in die Tiefe des Kirchenturmes zu fallen, schalte ich den Film aus. Ich kann ihn nicht mehr sehen, diesen ›Travelling Zoom‹. Jeder zweite Student meint, Hitchcocks Erfindung ebenfalls in seinen Film einbauen zu müssen. Wieso setzen die Leute immer nur auf Altbewährtes?

Ich klappe den Laptop zu und warte. Nichts passiert.

Gegen halb vier bekomme ich eine SMS.

Es ist meine Lektorin:

Sie fragt, wann sie mit meinem gekürzten Manuskript rechnen dürfe, sie freue sich darauf und sei höchst gespannt. Meine Lektorin ist wirklich sehr freundlich zu mir, trotzdem wird sie mit mir eine große Enttäuschung erleben.

Exakt vier!

Ich muss Claire anrufen! Sofort!

Ich wähle ihre Nummer und warte. Sie geht nicht ran.

Drei Minuten später wähle ich erneut ihre Nummer, fünf Minuten später noch einmal. Schließlich probiere ich es noch drei weitere Male.

Claire geht sonst immer an ihr Handy. Im ›Café Crêpes‹ kann sie nicht sein und ein Vorstellungsgespräch hat sie auch nicht. Das Fotoshooting mit diesem Garry findet, da bin mir ganz sicher, Samstagvormittag statt, kurz vor ihrem Abflug. Sie geht also absichtlich nicht ans Telefon. Das kann nur eines bedeuten: Ich hab den Bogen überspannt. Sie will, bevor es kompliziert wird, den Kontakt abbrechen. Schluss, aus, vorbei, tot.

Ein letztes Mal lege ich mein Gesicht auf die schwarze Matratze und rieche vorsichtig daran. Etwas bemächtigt sich meiner Sinne, doch es könnte auch ein Stück weit Einbildung sein.

Plötzlich springe ich auf und verlasse die dunkle Wohnung. Draußen blendet mich das gleißende Licht der Sonne so sehr, dass ich erst, als ich direkt vor dem Fahrzeug stehe, merke, welches fremde Auto da in unserer Straße parkt: ein grüner Seat, die Nummer kenne ich. Das ist Claires Wagen! Das ist jetzt aber nicht wahr, oder?

Ich stürme zur Fahrerseite und schaue, ob sie im Inneren sitzt. Die Sitze sind leer. Hat sie sich versteckt und will mich erschrecken? Träume ich oder was ist los? Ich schaue mich um. Weder auf meiner Kreuzung, noch auf den Straßen in der Nähe ist jemand zu sehen. Plötzlich entdecke ich, dass hinter dem Haus Zigarettenrauch aufsteigt. Da raucht jemand, auf meiner Terrasse! Mir rast der Puls: Jeder, der es weiß, kann von der Straße aus auf meinen Balkon gelangen! Am Haus vorbei, dann links abbiegen, fünf Stufen nach oben und man steht mitten auf meiner Terrasse, gleich neben der Küche. Kann es sein, dass Claire tatsächlich ...?

Ich setze mich in Bewegung und hoffe inständig, dass da nicht Frederik hockt und genüsslich an seiner Zigarette zieht. Frederik hilft mir sehr im Moment, ohne ihn überlebe ich das alles wahrscheinlich nicht, doch ich will, dass sie es ist, ich will, dass Claire da ist!

Bevor ich um die Ecke biege, hole ich tief Luft. Dann gebe ich mir einen Ruck, mache den letzten Schritt und tatsächlich, da ist sie! Claire sitzt auf dem Stuhl, von dem man die beste Sicht auf die umliegenden Gärten hat. Sie sitzt, wunderschön wie immer, entspannt neben dem viereckigen Tisch, ihren Körper in meine lange, dunkelrote Decke gehüllt. Moment: Wie ist Claire an meine rote Decke gekommen? Egal.

Auf dem weißen Tisch liegt eine leere Zigarettenschachtel, die sie zum Aschenbecher umfunktioniert hat. Claires Hand schaut unter der Decke hervor, es ist nicht kalt, aber es wird kalt, wenn man mitten in der Nacht lange draußen sitzt und wartet, so wie sie. Mitten in der Nacht, es war doch eben noch Nachmittag? Weiter, nicht mit Nebensächlichkeiten aufhalten, die Geschichte ist zu schön.

Claire nimmt einen Zug aus der Zigarette und atmet genüsslich ein. Dann schlägt sie die Decke zur Seite und lässt sie neben sich fallen. Ich sehe, dass sie heute ein langes, dunkelgrünes Kleid mit hellgrünen Ohrringen und einer olivgrünen Kette trägt. Wie hieß noch mal der Film, in dem die grüne Farbe eine besondere Bedeutung hatte? Egal.

Sie lächelt mich an. Ich schwöre mir bei allem, was mir heilig ist, dass ich jetzt kein Wort sagen werde, kein einziges, zerstörerisches Wort. Claire ist nicht da, um zu reden. Sie ist da, weil sie sich für mich entschieden hat, weil ich der Richtige bin.

Wir schauen uns in die Augen. Keiner von uns blinzelt, es ist wie auf einer Kinoleinwand. Ich gehe die fünf Stufen zur Terrasse hoch und sie legt, ohne den Kopf von mir abzuwenden, ihre brennende Zigarette in den Aschenbecher.

Claire sagt nichts, ich sage nichts. Ihr Mund öffnet sich, wir küssen uns und ich fliege davon, als sei dies mein erstes Mal. Ich verliere mich in der Tiefe ihrer Augen, dann, nach einer Ewigkeit, erhebt sich Claire und setzt sich auf mich. Wir streifen unsere Kleider ab, ich spüre die Hitze ihres Körpers, wir wiegen uns und suchen unseren gemeinsamen Rhythmus. Ein kühler, unangenehmer Wind streicht über meinen nackten Körper – es ist wie alles, was ich mit Claire erlebe: Leid und Genuss, Zurückweisung und Hingabe, immer geschieht beides, denn immer ist da ihre Angst, woanders könnte es besser sein, woanders gäbe es mehr zu erleben. Doch in ihren Augen sehe ich, dass dieser Moment für sie der bestmögliche Moment auf dem Planeten ist – wir schlafen miteinander, so intensiv, dass es nur noch sie und mich gibt, kein anderes, kein Besseres.

Ein letztes Aufbäumen und unsere Körper und unsere Seelen suchen ihn, den bestmöglichen Moment – dieser Augenblick muss der größte Kick werden, den wir je erlebt haben! Wir kämpfen und kämpfen, es ist ein gleichzeitiges Fallenlassen und Konzentrieren, obwohl wir beide wissen: Das uneingeschränkt Schöne gibt es nicht für unsere Spezies, wir sind zum Unglücklichsein verdammt, kein Paradies in Sicht.

Dann ebbt alles ab, und der Moment ist Geschichte. Nie mehr werde ich meine Terrasse betreten können, ohne an diesen Moment denken zu müssen ...

Lange Zeit später hören wir, immer noch eng umschlungen, das Herz des anderen pochen. Irgendwann zündet sie sich eine Zigarette an, ohne dass wir uns voneinander lösen. Die Welt ist weit weg, von nun an gehören sie und ich zusammen und alles bleibt genau so, wie es in diesem Moment ist.

Ein Handy klingelt.

Claire dreht sich zum Tisch und schaut auf das Display. Sie nimmt es in die Hand, gibt es dann aber mir, damit ich den Anruf entgegennehme.

»Ja?«, melde ich mich leicht genervt.

»Alter? Lebst du noch?«, dröhnt mir eine vertraute Stimme ins Ohr. Frederik, es ist Frederik.

»Was, wo?«, frage ich.

Es ist dunkel, nur ein gleißender, messerscharfer Sonnenstrahl dringt durch die geschlossenen Fensterläden. Ich liege auf meiner schwarzen Matratze, die lange, dunkelrote Decke eng umschlungen.

»Hier ist nicht Claire«, frotzelt Frederik.

Sehr witzig, das höre ich auch. Statt einer Antwort gebe ich irgendeinen Laut von mir.

»Hier ist dein bester Freund, der wissen will, wie's dir geht«, sagt Frederik und versucht erneut, mich zum Reden zu bringen.

»Alles okay«, lüge ich.

Es war nur ein Traum, es war alles nur ein Traum!

Claire saß nicht auf meiner Terrasse, wir haben nicht miteinander geschlafen, ich hab mir das Leben schöngeträumt, sie ist weg, immer noch.

»Wo bist du?«, will Frederik wissen.

»Zu Hause«, antworte ich mühsam, »welchen Tag haben wir?«

»Freitag. Dein Name ist Robert und wie heiße ich?«, spottet er.

»Frederik«, murmele ich, damit endlich dieses Frage-und-Antwort-Spiel aufhört.

»Bingo«, erwidert er, »in den Nachrichten hieß es, auf dem letzten Ibizaflug hätte eine junges, verliebtes Paar sich gestritten, was damit endete, dass die Frau ihren Typen aus dem Flieger geworfen hat. Im Urlaub passiert so was gern.«

Witzig, witzig.

»Frederik, ich melde mich, ja?«, sage ich so freundlich wie möglich, »und, äh, danke fürs Wecken.«

»Wirklich alles okay?«, fragt er.

»Sicher«, antworte ich.

»Sicher?«, hakt er nach.

»Sicher«, bestätige ich, und versuche so überzeugend wie möglich zu klingen. »Danke, Alter.«

»Alter, wenn was ist, melde dich«, meint er zum Abschied und legt auf.

Manchmal reden Männer viel, weil sogar Männer mal viel reden können, auch wenn das keiner glaubt. Aber manchmal sagen Männer nur das, was gesagt werden muss und kein Wort mehr. Sie wissen, was gemeint ist und gut ist. Claire wird nicht anrufen, nie mehr.

Plötzlich springe ich auf. Ich muss diese Wohnung verlassen, ich kann hier nicht mehr bleiben, zu vieles erinnert mich an sie, viel zu vieles.

Ich stürme auf die Straße. Es ist hell, heiß und die Luft scheint zu stehen. Ich muss in die Innenstadt, ich muss auf eine Beerdigung. Die Hauptperson wird Claire sein, ich muss sie und alles, was mit ihr zu tun hat, beerdigen.

Beerdigung

Geht man auf eine Beerdigung, sollte man, dem Anlass entsprechend, einen gepflegten Anzug anziehen.

Auch um seiner Freude Ausdruck zu verleihen, dass es wieder einer geschafft hat. So jedenfalls sah das ein Freund von mir: Hatte es einen erwischt, dann meinte er fast ein bisschen neidisch:

»Der hat's hinter sich.«

Jahre später, als es bei diesem, meinem Freund nichts wurde mit dem Filmemachen, hat er sich aufgehängt. Im Montafon, im Ferienhaus seiner Eltern. Schreibt man so etwas in einem Buch, denkt jeder: fantasieloser Schreiberling, fallen dem keine besseren Geschichten ein? Solche, die weniger erfunden klingen?

Fantasielos bin ich tatsächlich, die Geschichte ist nicht erfunden.

Also auf zu Claires Beerdigung.

Ich steige in den Saab, nehme meine Lieblingsstraße runter in die Innenstadt und genieße die Fahrt. Wie immer bietet die breite Panoramastraße einen beeindruckenden Blick auf den riesigen Talkessel. Manche Hänge sind von oben bis unten mit Häusern bebaut, an anderen finden sich noch breite, grüne Schneisen, damit die Luft im Zentrum erträglich bleibt.

Auch Claire liebt diesen Weg ins Tal. In leichten, harmonischen Kurven nähere ich mich der Innenstadt.

Nie mehr verliebt – Tagtraum 28

Am Ende aller Wünsche
Früh morgens sitzt sie in ihrem Wagen und fährt zu sich nach Hause. Sie wollte wieder nicht bei dir bleiben, wie so oft.
Die Strecke, die sie nimmt, kennst du genau. In dem Moment, in dem sie eine schmale Stelle steil bergab fährt, rufst du sie an. Hektisch wird sie ihr Handy suchen und sich freuen, dass ich liebevoll frage, ob sie in ihrem betrunkenen Zustand noch fahren kann.
Dann passiert es: Die Bremsen versagen, denn der begabteste Marder meines Viertels hat ihre Bremsleitung durchgebissen. Ich höre, wie sie schreit,
ich höre, wie sie ins Schleudern kommt,
ich höre, wie ihr Wagen sich überschlägt und sie mit voller Wucht in den nächstbesten LKW rast.

Das vorletzte Wort, das sie in ihrem Leben sagt, wird mein Name sein, das letzte Wort ist ein Begriff aus dem Vulgärwortschatz.

Vorteil:
Du besuchst sie jeden Tag – auf dem Friedhof. Du bringst Blumen mit, vertreibst die Würmer und putzt ihren Grabstein. Endlich hast du sie ganz für dich allein. Ihr Neuer erfährt natürlich nichts von der Beerdigung, er soll glauben, sie will nichts mehr von ihm wissen. Was ja auch stimmt.

Nachteil:
Ihr Neuer hat sich umgebracht, aus wahrer Liebe. Jetzt liegt er neben ihr, Tag und Nacht. Der Kerl hat es geschafft: Er ist ihr näher, als du es jemals sein wirst. Deprimierend.

Auf der gesamten Fahrt ins Zentrum treffen mich kleine Lichtblitze. Sie entstehen auf den Fenstern der Häuser, in denen sich die gleißenden Sonnenstrahlen spiegeln und zu mir heraufschießen. Gleich habe ich den tiefsten Punkt des Talkessels erreicht.

Ich parke hinter dem Schlossplatz und spaziere die Königstraße entlang.

Nein, ich will nicht nach Esslingen fahren, um das Café, in dem sie arbeitet, zu stürmen und ihr dreiunddreißig Patronen in den wohlgeformten Körper zu jagen.

Ich will sie nur beerdigen, ganz für mich allein. Eine Trauerfeier ohne Sarg, Blumen, schniefende Menschen und feierliches Gebimmel wird es sein. Ich will all die Orte noch einmal sehen, an denen ich mit ihr in den letzten zwölf Monaten war – die Bistros, Bars, Klamottenläden, Buchhandlungen und Museen. Von allem verabschiede ich mich, von manchem für immer.

Es ist drückend heiß, die Straßen sind voller Menschen, alle tragen Sommerkleidung. Ich sehe viel nackte Haut und helle, bunte Farben. Doch wem ich auch begegne, in mir gibt es nur Bilder von ihr. Wohin ich auch gehe: Claire ist überall – in der Sonne, im Regen, im Nebel, im Schnee.

Nie mehr verliebt – Tagtraum 29

Liebesgeschichten
Du kannst nicht mehr dahin gehen, wo du mit ihr warst: nicht in eure Bars, eure Restaurants, eure Kinos, eure Läden, eure Parks.
Schlimmer:
Du kannst nicht mehr in die Stadt gehen, in der du mit ihr warst, nicht an den Strand, nicht in das Land, nicht auf den Kontinent.
Alles, restlos alles, wo du mit ihr warst, ist versaut. Versaut mit Erinnerungen an sie. Im Grunde kannst du nur noch zu Hause bleiben. Und auch dort musst du vorsorgen:

Kein Fernsehen, es könnte ihre Lieblingsserie laufen, kein Buch, es könnte eines sein, von dem sie geschwärmt hat, keine Freunde, es könnten jetzt ihre und nicht mehr deine Freunde sein.
Das ist es:
Orte, Filme, Bücher, Menschen: Wirf alles weg, wirf alles auf den Müll.
Wie das geht? Ganz einfach:
Rede mit niemandem, geh nicht aus dem Haus und zieh die Bettdecke über deinen Kopf. Ganz weit.

Vorteil:
Dein Leben wird wesentlich entspannter:
Du musst nie mehr ins Kino,
brauchst nie mehr ein Buch zu lesen,
musst nie mehr ins Theater gehen und kannst endlich die Glotze auf den Müll werfen.
Denn du weißt ja:
Überall lauern Liebesgeschichten.

Nachteil:
Leider liebst du Liebesgeschichten.
Auch wenn du meist ahnst, wie die Sache ausgeht, ist es wie eine Sucht: Du willst jede dieser Geschichten bis zum bitteren Ende sehen.
Da aber in jeder Geschichte irgendeine dämliche Liebesgeschichte steckt und wir Menschen nicht ohne Geschichten leben können, sind wir auf ewig verdammt.
Leider.

Ich gehe zurück zum Schlossplatz und hocke mich auf eine der Stufen neben dem Kunstmuseum.

Die lange, breite Treppe ist, wie immer bei gutem Wetter, voller Menschen. Die meisten Innenstadtbesucher, welche die Königstraße entlanglaufen, kommen an dem Museum vorbei. Gleich neben der Fußgängerzone befindet sich der Schlossplatz mit seiner riesigen Liegewiese. An das idyllische Panorama schließen sich das Neue Schloss und die Häuser in bester Halbhöhenlage an. Auf der Spitze eines Hügels residiert der Ministerpräsident. Eigentlich könnte man die Treppe vor dem Kunstmuseum als berühmtes, schwäbisches Amphitheater bezeichnen, denn hier kann man, ganz umsonst, jede Menge Leute beobachten.

Neben mir sitzt eine Gruppe Schülerinnen. Statt die Aussicht zu genießen, sind alle mit ihren Handys beschäftigt. Ich bin froh, nicht der Vater einer Tochter zu sein, denn würde mein Kind ein ähnlich knappes Outfit tragen wie diese Jugendlichen, ich könnte es kaum ertragen.

Ich drehe mich weg und schließe die Augen. Plötzlich tauchen, aus dem Nichts, drei Fotoaufnahmen von Claire auf. Ich kenne sie in- und auswendig:

Auf dem ersten Bild sitzt sie in meiner Küche, auf ihrem üblichen Platz, lachend, wunderschön, in einer Hand eine Zigarette, in der andern ein Sektglas. Sie trägt ein weißes, enges T-Shirt und eine Kette mit großen, dunkelgrünen Holzkugeln. Ich mag diese Kette. Das zweite Foto entstand kurz darauf: Auf ihm streckt sie ihren Oberkörper nach vorn, sodass sich ihre Brüste höchst vorteilhaft im milden Kerzenlicht abzeichnen. Auf dem dritten Foto verdeckt sie ihre Wangen, weil diese gespickt mit ›nervigen‹ Sommersprossen sind. Auf jedem Foto schaut Claire mich mit großen Augen an. Ihr Blick ist liebevoll, jedoch nur, damit die Kamera für alle Zeit ihre Schönheit konserviert.

Ich muss lachen, denn das ist das Gute an Fotos: Niemand kann mich davon abbringen, sie anzusehen! Nicht mal Claire kann das verhindern: Sie kann mich aus ihrem Leben werfen, aber dass ich mir Fotos von ihr ansehe und sie mir vorstelle, das kann sie nicht verhindern. Die Macht der Bilder kennt keine Grenzen. Claire gehört mir, mir ganz allein!

Ich öffne meine Augen.

Die jungen Frauen neben mir stehen auf und werfen mir seltsame Blicke zu. Wahrscheinlich habe ich, mit geschlossenen Augen, laut und seltsam gelacht.

Ein Anruf, auf meinem Handy! Ist sie das? Nein, nur meine Lektorin. Meine Lektorin, sie ruft mich an! Soll ich antworten? Soll ich irgendetwas erfinden und versuchen, einen Aufschub zu bekommen?

Regungslos starre ich auf das leuchtende Display. Hier und jetzt ist meine Chance, bei einem berühmten Verlag eine Romanveröffentlichung zu bekommen. Ich könnte in jede Buchhandlung unserer Stadt gehen und nach meinem Buch fragen. In jede Buchhandlung der Stadt, des Landes und überall dort, wo deutsch gesprochen wird.

Der Klingelton stirbt ab, das Display verändert sich, der Anruf ist zu Ende. Meine Lektorin hat aufgelegt. Das war's. Auch sie wird sich nicht mehr bei mir melden. Wahrscheinlich weiß sie schon jetzt, welches der tausend anderen Manuskripte sie statt meinem ins Verlagsprogramm nimmt. Zu Fuß wäre ich in knapp zehn Minuten bei ihr im Büro, um ihr alles zu erklären. Aber mir geht es wie meiner Romanheldin Nika: Kurz vor dem großen Finale am Fernsehturm ist sie vollkommen am Ende und kann sich nicht rühren. Reglos sitzt Nika in der Innenstadt, enttäuscht von ihren Gefühlen, enttäuscht von der Welt.

Es gibt Momente, die verändern das gesamte Leben. In diesen Momenten gibt es nur eine falsche oder eine richtige Entscheidung – sofern man stark genug ist, um zu reagieren.

Plötzlich höre ich eine Melodie, die ich schon seit vielen Jahren kenne. Neben mir haben drei Jungs Platz genommen, der eine hat eine Gitarre dabei. Er singt ›Sensitive Kind‹ von J. J. Cale. Dass überhaupt jemand diesen Song kennt, wundert mich. J. J. Cale kann ich stundenlang hören, besonders beim Schreiben. Ausgerechnet dieser

Song passt genau auf Claire, sie weiß das aber nicht.

Mit einem Ruck stehe ich auf, gehe die Treppen herunter und eile die Fußgängerzone entlang. So sehr ich J. J. Cale liebe, ich ertrage seinen Song nicht mehr. Mit gesenktem Kopf schiebe ich mich gegen den Strom der Menschen. Eine lächerliche Melodie erwischt mich in Sekundenschnelle – nichts erwischt einen schneller als Musik.

Nie mehr verliebt – Tagtraum 30

Alles auf null: Love-Songs
Hör dir keine Songs mehr an, weder zu Hause, noch im Auto, bei Freunden, im Café, im Supermarkt oder sonst wo.
Denn, wenn du genau zuhörst, geht es fast immer nur darum, dass irgendwer glücklich, unglücklich, noch nicht glücklich oder unendlich unglücklich mit keiner Aussicht auf ein Happy End ist.
Fast immer dreht es sich um das volle Depri-Programm und das brauchst du in deiner Depri-Stimmung nicht auch noch: Du fühlst dich schon mies genug, du weißt, wie sich dieses miese Gefühl anfühlt, es muss dir nicht noch jemand servieren.
Aber schlimmer noch sind die Songs, die dich an sie erinnern: an die erste Begegnung, die erste Nacht bei Vollmond oder irgendeine andere Nacht mit ihr in einem romantischen Mittelmeerhafen. Oder an das Wochenende, das ihr im Bett verbracht habt und die ganze Zeit nur ein einziger Song lief.

Oder jener Urlaub, in dem sie diesen einen Song gesungen hat, während ihr kilometerweit gewandert seid und geredet habt und einfach nur scheißglücklich wart. Diese Songs sind die schlimmsten.
Weg damit! Wirf sie weg!
Und wenn es der beste Song ist, den deine Lieblingsgruppe je hervorgebracht hat:
Auf den Müll damit!
Und wenn es deine Lieblings-CD ist:
Auf den Müll damit!
Das ist fast unmöglich, muss aber sein.
Augen zu und auf den Müll damit.

Vorteil:
Endlich hast du eine Menge Platz: im Regal, an der Wand, auf der Festplatte, auf dem Stick, der SD-Karte, dem Handy, dem Laptop, dem iPod.

Nachteil:
Die Erinnerungen, die du gerade aus deinem Leben löschst, waren auch schöne Momente. Die sind ja dann wohl auch weg.
Wie oft man solch eine Löschung erträgt, ist nicht bekannt.

Auf der Heimfahrt sind sämtliche Wagenfenster geschlossen und der CD-Player ist ausgeschaltet.

Ohne Musik Auto zu fahren ist, als würde man sich in der Einsamkeit der Natur befinden. Sämtliche Geräusche, die momentan an mein Ohr dringen, sind mir gut bekannt: Da ist das Rollen der Räder, das Summen des

Motors und das leise Knacksen, wenn ich schalte, blinke oder sich etwas in der Seitenablage bewegt. Doch vor allem ist ein Geräusch ganz deutlich zu hören: der gedämpfte Klang der Welt außerhalb. Es ist, als sitze man in einem gläsernen Sarg, abgeschottet von der Umgebung, abgeschottet vom Leben.

Während ich die Panoramastraße nach oben fahre, starre ich immer wieder auf den CD-Player. Plötzlich sehe ich Claires Zeigefinger, wie er auf eine ganz bestimmte Taste des Autoradios tippt. Jedes Mal, wenn wir unterwegs waren und Claire ein Song nicht gefiel, hat sie auf diese Taste getippt. Ja, Claire ist manchmal erschreckend schnell: Kaum hat ihr ein Song nicht gefallen, hat sie ihn weggetippt. So ist das bei ihr: gefällt nicht, weg damit. Wie ich es hasse! Wie ich sie hasse! Ja, sie!

Wütend schlage ich mit der Faust gegen das Lenkrad. Na endlich! Ich bin stinksauer auf sie, das wurde aber auch Zeit! Nach Phase eins: ›Ich kann nicht ohne sie leben, ich bin wie gelähmt‹, erreiche ich endlich Phase zwei: ›Ich hasse sie‹. Leider bin ich von Phase drei, dem Zustand, in dem sie mir komplett gleichgültig ist, noch weit entfernt. Immerhin bin ich sauer auf sie, das ist schon mal was.

Zu Hause gehe ich früh zu Bett. Es gibt Tage, da geht man eben früh schlafen. Hoffentlich hält diese Phase nicht Wochen oder Monate oder Jahre an.

Mitten in der Nacht wache ich auf.

Normalerweise öffne ich noch am Abend alle Fenster, um die Wohnung für den kommenden Tag abzukühlen. Doch nicht heute, ich hatte einfach keine Lust dazu.

Ich schlurfe in die Küche.

Dieser blöde Sommer, jetzt ist es sogar hier widerlich warm. Aber nicht einmal die Terrassentür öffne ich, obwohl ein penetranter Zigarettenrauch in der Luft hängt.

Erschöpft sinke ich auf ›meinen‹ Stuhl. Auf dem Kirschholztisch liegen noch etliche Dinge, die beweisen, dass Claire hier war. Die gelben Kerzen im silbernen Leuchter sind heruntergebrannt und haben auf der Ablage dicke Wachstropfen hinterlassen. Links von mir, neben der Spüle, liegen zwei aufgeklappte Pizzakartons. Auf der verschmierten Pappe kleben zwei Servietten, mehrere Olivenkerne, ein Rest Pizza und ein langes Messer. Was sich unter meinen Füßen auf dem Küchenboden tummelt, will ich gar nicht wissen. Um all die mikroskopisch kleinen Tierchen, die meine Wohnung besiedeln, zu erfreuen, trage ich immer noch die Sachen von gestern. So rieche ich wenigstens für eine Spezies verführerisch.

Ich sitze einfach nur da. Meine Küche ist das pure Chaos. Ich bin das pure Chaos. Aber wieso soll ich überhaupt aufräumen? Wie viel Lebenszeit vergeudet man beim Aufräumen irgendwelcher Dinge? Ich schließe die Augen. Irgendwas kitzelt meinen großen Zeh. Ein Tier?

Egal. Plötzlich beschließe ich, nie mehr aufzuräumen! Ich beschließe, nie mehr den Müll wegzubringen! Ich beschließe, nie mehr etwas zu machen, nur, weil man das so macht! Ich werde warten, so lange, bis es in meiner Wohnung müffelt, richtig müffelt. Dann wird endlich Bewegung in meine Küche kommen: Tierchen aller Art werden aus ihrem ranzigen Urschleim krabbeln, Leben entsteht, Leben setzt sich durch, auch wenn mein Leben am Arsch ist. Aus hygienisch nachvollziehbaren Gründen fliege ich aus meiner Wohnung, aus genau der Wohnung, die Claire so mag. Ich lande in der Gosse, heuere auf einem Schiff an, reise um die Welt, magere ab und lebe von Müllresten.

Irgendwann lande ich auf einer wunderschönen Insel. Ich setze mich bettelnd an den Hafen, gleich neben der nächstbesten Jacht und beobachte die beiden Katzen, die sich auf dem blitzblanken Schiffsdeck in der Sonne räkeln. Bis ich auf einmal eine glänzende Münze in meiner Hand spüre. Ich schaue hoch, die Sonne blendet mich, ich sehe in das Gesicht des gut aussehenden Jachtbesitzers und erst dann höre ich, was diese umwerfende Frau an seiner Seite sagt: »Hallo, Rrrrobert, was machst du denn hier?«, und »Rrrrobert, wieso riechst du so streng ...?«

Egal. Männer sind Schweine. Dann benehme ich mich doch mal wie ein richtiger Mann:

Nie mehr verliebt – Tagtraum 31

Dreckschwein
*Benimm dich wie ein Dreckschwein:
Dusch nicht, wasch dich nicht, rasier dich nicht. Wechsle deine Kleider nicht, putz die Zähne nicht, lass deine Fingernägel wachsen. Mach alles, damit du stinkst wie ein Schwein. So lange, bis dich niemand mehr sehen kann, so lange, bis du dich selbst nicht mehr sehen kannst. Hauptsache, alle merken, was diese Hexe aus dir gemacht hat.*

*Vorteil:
Eine Menge Frauen werden sofort die Flucht ergreifen, wenn sie dich sehen. Diese Frauen kannst du sofort wieder vergessen.
Es wird aber Frauen geben, die mit perfekten Männern nichts anfangen können, sondern
 einen Mann suchen, den sie zurechtbiegen können. Diese Frauen werden dich finden und sich aufopfernd um dich kümmern. Übrigens: Wundere dich nicht, wie viele Frauen es gibt, die auf Dreckschweine, wie du eines bist, stehen.*

*Nachteil:
So eine schweinische Phase kann dauern. Wird der in solchen Fällen gern vorkommende Juckreiz deines Körpers im Allgemeinen und der deines Intimbereiches im Besonderen zu stark, solltest du deine vor Selbstmitleid triefende Selbstkasteiung abbrechen.
Vorübergehend.*

Irgendetwas krabbelt auf meinem Fuß herum, doch ich bin unfähig, mich zu bewegen.

Ich kann es nicht mehr ertragen, so etwas habe ich mein ganzes Leben noch nicht erlebt! Es ist schlimmer als Husten, Schnupfen oder eine Grippe! Es ist schlimmer als heftige Migräne, tagelanger Durchfall, starker Juckreiz oder heftiges Zahnweh! Es ist schlimmer als alles, was ich bislang erlebt habe:

Nie mehr verliebt *– Tagtraum 32*

Ent-Lieben
Wieso dauert das nur so lange? Nicht das Verlieben, das kann nicht lange genug dauern. Das Ent-Lieben: Wieso dauert das oft so lange?
Wenn du Glück hast, leidest du kürzer als die Zeit, in der du mit jemandem zusammen warst. Aber meistens hast du kein Glück und es dauert endlos, schlimmstenfalls das ganze Leben.
Es gibt Leute, die können einen Cut unglaublich schnell wegstecken. Sie gesunden, wie bei einer Erkältung, in nur wenigen Tagen:
Sie trinken Tee, legen sich ins Bett, schlafen sich gesund, fertig. Bei ihnen dauert das Ent-Lieben nur eine Woche, bei manchen sogar nur einen Tag – unglaublich, oder?
Suche nach diesen Leuten und höre ihnen genau zu, wie sie das machen.

Vorteil:
Wenn dir tatsächlich jemand beibringen kann, wie man sich binnen einer Woche erfolgreich ent-liebt, erspart er dir eine Menge Zeit.
Lebenszeit. Wäre doch genial.

Nachteil:
Es soll ja Krankheiten geben, von denen weiß man nicht, woher sie kommen: Magenkrebs zum Beispiel, Herzversagen oder Gehirntumor. Die Ärzte haben da so ihre Theorien, manche glauben tatsächlich, es habe was mit Verdrängen zu tun. Schnelles Verdrängen kann also ungut enden, irgendwann.

Ich kann nur dasitzen und warten. Irgendwie habe ich das Gefühl, als sei ich als Person vollkommen veschwunden. Zwei Stunden starre ich auf den Küchenboden, dann kann ich endlich einschlafen.

Keine fünf Minuten später bin ich wieder hellwach.

Ich setze mich raus auf die Terrasse und starre auf den pechschwarzen, nächtlichen Himmel. Es ist still, grauenhaft still.

Plötzlich frage ich mich, was das Ganze eigentlich soll? Wozu ist das, was ich gerade durchmache, überhaupt gut? Bringt diese Quälerei die Menschheit auch nur einen Millimeter weiter? Schreiben kann ebenfalls quälend sein, aber meist kommt dabei etwas heraus, manchmal etwas

Bleibendes. Aber dieses Martyrium – was, bitte schön, soll das? Und damit nicht genug: Mir geht es so dreckig, dass ich anfange, an allem, wirklich allem, was mich als Person ausmacht, zu zweifeln:

Ich zweifle an meinem Aussehen, meinem Auftreten, meiner Ausstrahlung, meiner Intelligenz, meiner Schlagfertigkeit, meinem Witz, meinem Gefühlsleben, meinem Ansehen, meinem Ruf, meiner Größe, meinem Gang, meiner Haut, meiner Augenfarbe, meinen Haaren, meiner Frisur, meiner Nase, meinen Ohren, meinem Mund, meinen Zähnen, meiner Stimme, meinen Fingern, meinem Bauch, meinem Hintern, meinem Schwanz, meinem Oberkörper, meinen Zehen. Und ich zweifele an meiner Herkunft, meiner Vergangenheit, meiner Zukunft, meiner Bildung, meiner Staatsbürgerschaft, meinem Dialekt, meinem Alter und meinem Geschlecht – irgendwas vergessen?

Vielleicht will mir das Leben ja sagen, ich solle mich ändern. Na, super, als ob das irgendwas hilft.

Nie mehr verliebt – Tagtraum 33

Ändere dein Leben
Sie ist weg? Dann ändere dein Leben:
Ändere deine Frisur, deine Kleidung, ändere den Text auf deinem Anrufbeantworter. Stell deine Möbel um, verkauf dein Auto und iss Dinge, die dir noch nie

geschmeckt haben. Ändere deine Sprechweise, dein Verhalten, deine Pläne. Denke dir neue Ziele aus, schreibe sie auf und hänge diese Liste in jedes Zimmer deiner Wohnung. Und tippe sie in dein Handy oder tätowiere sie dir auf die Stirn.
Ändere dich – wenn nicht jetzt, wann dann?

Vorteil:
Es ist wie eine Neugeburt:
Dein Leben fängt endlich wieder bei null an. Ist das nicht großartig?

Nachteil:
Dieser ganze ›Ich-ändere-mich-Quatsch‹ ist der komplette Schwachsinn:
Du machst das nicht, um sie zu vergessen, sondern nur um für sie wieder begehrenswert zu sein.
So wie du warst, hat sie dich nicht genommen, also änderst du dich, damit sie dich plötzlich will, weil du ja jetzt anders bist.
Aber was du auch machst, sie hat entschieden. Gewinnen können nur folgende Personen beziehungsweise Institutionen:
dein Friseur,
dein Herrenausstatter,
dein Fitnessstudio,
dein Bioladen,
die Zeugen Jehovas,
die pharmazeutische Industrie,
die Ärzte,
Ikea,
Amnesty International,
die Wale.

*Und natürlich noch diese Idioten,
die irgendwelche Liebesratgeber schreiben.
Alles Dilettanten. Ändern wird sich nichts.*

Mein Magen fühlt sich an, als hätte er ein riesiges Loch. Irgendwann schlafe ich doch noch ein. Was ich träume, will ich gar nicht wissen.

Kapiert

Ich wache auf und weiß sofort, dass dies der Morgen ist, den ich mir zwar gewünscht, vor dem ich mich aber immer gefürchtet habe.

Es ist der Morgen, an dem ich drüber weg bin. Ich meine, über sie.

Nie mehr verliebt – Tagtraum 34

Eines Morgens
Eines Morgens wachst du auf und dir wird klar, dass du etwas verstanden hast.
Du verdrängst nicht mehr die Wahrheit, sondern du akzeptierst sie:
Sie will dich nicht. Punkt.
Keine Hoffnung, dass sich das noch ändern könnte, keine Hintertür, dass sie sich noch besinnen könnte, keine noch so geringe Chance, dass sie je zu dir zurückkommen könnte.
Aus, Schluss, vorbei.

Das hast du dir zwar schon öfter gesagt, aber diesmal verstehst du, dass es endgültig ist. Endlich kapierst du es, eines schönen Morgens.
Wenn das der Fall ist, dann warte ab. Denke nicht nach, rede mit niemanden darüber, warte einfach nur ab. Dies ist ein ganz besonderer Moment: Endlich siehst du der Realität ins Auge. Du darfst jetzt nur nicht anfangen, sie dir wieder zurechtzubiegen.

Vorteil:
Endlich ist die Wahrheit auch bei dir angekommen. Jedenfalls konnte es so nicht weitergehen.

Nachteil:
Ein echtes Scheißgefühl.

Die Zimmer sind dunkel, eigentlich müsste ich die Fensterläden öffnen.

Außerdem sollte ich mich duschen, sämtliche in den letzten Tagen getragenen Kleider verbrennen, eine professionelle Grundreinigung meiner Wohnung in Auftrag geben und überlegen, wie ich meine Zukunft gestalten will. Beispielsweise müsste ich nach Immobilien suchen, in denen Frederik und ich das altersgerechte Wohnen üben können. Und ich sollte eine Liste meiner Verflossenen erstellen, um herauszufinden, welche von ihnen bereit wäre, sich mit mir an einer gemeinsamen Latte Macchiato zu erfreuen. Diese Ex würde, beim vereinten Schwelgen in Erinnerungen, als erste erfahren, dass mir

Claire ab sofort gleichgültig ist und ich ein neues Leben beginnen will. Ein neues Leben beginnen – ein guter Plan! Ab sofort werde ich mich zu keiner gefühlsgesteuerten Handlung mehr hinreißen lassen, ab sofort wird meine oberste Lebensmaxime Logik und Vernunft sein! Klarheit und Struktur muss meinen Alltag bestimmen und nur der einzigartige Joseph Campbell kann mir helfen, dieses Vorhaben in die Tat umzusetzen.

Ich eile zum Bücherregal und ziehe sein großartiges Werk hervor. Sofort finde ich die Stelle, wo Campbell schreibt: ›Hat der Held alles versucht, die Dame seine Herzens zu bezirzen, und sieht es kurz vor Ende der Geschichte nicht nach Happy End aus, so muss ganz am Ende die Story doch noch gut ausgehen.‹

Wunderbar! Gleich noch mal, weil's so schön ist:

Kriegt unser Held, also ich, kurz vor Torschluss seine Dame nicht, so gibt es ein Happy End – unweigerlich! Das bedeutet: Claire will heute mit einem anderen verreisen, also werde ich im letzten Moment auf dem Flughafen erscheinen, diesen Mauro-Lover, einen gesuchten Drogenbaron, in Zeitlupe erschießen und sie zum Traualtar in die Flughafenkapelle führen! Welch grandiose Wendung – sie mag ein bisschen plötzlich kommen, aber Joseph hat diesen Erzähl-Mechanismus herausgefunden und so muss ich, als Held der Geschichte, nur noch in die alles entscheidende Schlacht ziehen.

Grandios, ich liebe überraschende Wendungen!

Wie Phönix aus der Asche erhebe ich mich, öffne meinen Laptop und schaue nach, wann ihr Ibiza-Flieger geht. Da: Eine Maschine startet um fünfzehn Uhr zehn. Treffer, das ist genau ihre Zeit: Um eins steht sie auf, packt die Sonnenbrille, den Bikini und eine Großpackung Aspirin ein und ab geht's zum Airport.

In Windeseile dusche ich, putze die Zähne und ziehe ein weißes, knitterfreies Hemd an. Aber wie ich letztlich aussehe, ist egal, in einer halben Stunde zählt nur eines: meine unglaubliche Persönlichkeit.

Ich würge den Rest kalte Pizza herunter, rase aus dem Haus und jage kurz darauf meinen glühenden Saab über die weite Filder-Ebene.

Seit meinem Erwachen bin ich grässlich gut aufgelegt, es ist geradezu peinlich.

Showdown in der Nachmittagssonne

Auf der Autobahn zum Flughafen liefere ich mir ein Wettrennen mit einem beängstigend dicken Motorradfahrer.

Natürlich habe ich keine Chance gegen seine chromglänzende BMW, aber ich habe es zumindest versucht. Showdown im Airport, Claire und ich werden ein Paar! Diese Geschichte muss so ausgehen, Joseph ist Gott!

Wie immer bei einem Showdown ist der rettende Parkplatz, in meinem Fall der vor der Charterhalle, hoffnungslos überfüllt. Also düse ich rüber zur Tankstelle und stelle meinen Saab kurzerhand hinter die Waschanlage. Bevor mich irgendjemand wegschickt, springe ich aus dem Wagen und renne zurück zum Terminal. Ha! Wenn sie meinen Saab abschleppen, weil ich seit Monaten auf Ibiza lebe, habe ich mir wenigstens die Parkgebühren gespart. Absolut clever, so muss ein Held sein: clever!

Ich hetze weiter.

Die Sonne blendet feindselig, gleich kollabieren meine Lungen. Vor mir taucht der Eingang von Terminal 3 auf, ich bin richtig. Natürlich hat Nikas Geschichte auch ein glückliches Ende, eines, das buchstäblich in allerletzter Sekunde stattfindet. Eigentlich schade, dass die sympathische, junge Dame nie das Licht der Welt erblicken wird.

Während ich auf die moderne Glasfassade der Flughafenhalle zu renne, überlege ich, wie mein unvermeidliches Happy End mit Claire aussehen könnte. Unter Umständen so:

Nie mehr verliebt – Tagtraum 35

Heldenhaft
Du spürst es: Der Abend, an dem sie dir sagt, dass sie dich verlassen will, ist gekommen.
Also bestellst du sie an die übelste Tankstelle der Stadt, genau dahin, wo sich sämtliche Hells Angels der Umgebung treffen.
Wenn sie auftaucht und dir sagen will, wieso sie Schluss macht, gebe der nächstbesten Harley einen kräftigen Tritt und löse so eine erschütternde Kettenreaktion aus: Noch bevor deine künftige Ex den Mund aufmachen kann, verlierst du das Bewusstsein. Der Schlag des wutentbrannten Motorradbesitzers trifft dich – ein brachialer Schlag, der dich auf unabsehbare Zeit ins Krankenhaus befördert und alles um dich herum vergessen lässt. Dann mal los, Kumpel, hau rein.

Vorteil:
Ein halbes Jahrhundert später erwachst du aus dem Koma und kannst dich an nichts erinnern. Mit etwas Glück sitzt eine alte, faltige Frau an deinem Bett, hält zitternd deine Hand und schaut dich mit großen, schuldbewussten Augen an. Ha!

Nachteil:
Deine künftige Ex ist Champion im Kick-Boxen und schlägt den Motorradtypen in die Flucht. Dann sagt sie dir, was sie dir sowieso sagen wollte:
Sie will einen Mann, einen richtigen Mann. Nicht so ein Weichei wie dich.

Stopp! Das ist kein guter Schluss, weder originell, glaubhaft noch in irgendeiner Form witzig. Nein, die Geschichte muss anders ausgehen, sie muss ein besseres Ende haben. Ich werde Claire in die Augen schauen, mein Blick wird ihr Herz erweichen, so oder so ähnlich wird es kommen. Hoffentlich hat Claire noch nicht die Sicherheitskontrolle passiert, sonst ist alles vorbei!

Ungeduldig schiebe ich mich gegen die gläserne Drehtür der Flughafenhalle.

Im Inneren bewundere ich die hohe, beeindruckende Deckenkonstruktion: Sie macht einen glauben, das Dach des Terminals würde von den Ästen riesiger, weißer Metallbäume gehalten.

Ich hetze weiter. Zu ebener Erde der Halle geht es weit weniger luftig zu: Genervte Menschen stürmen mir entgegen, alle wollen irgendwohin fliegen, und alle wollen das ausgerechnet heute. Da streiten sich Koffer schleppende Eheleute, in welche Richtung man gehen müsse, Kinder bekämpfen sich mit Stofftieren und verliebte Paare knutschen hemmungslos und vor aller Augen miteinander. Liebespaare! Es gibt wohl nichts Verabscheuungswürdigeres als verliebte Paare, die gerade dabei sind, in den Urlaub zu fliegen! Wieso bleiben die nicht zu Hause, das Ziel ihrer Reise ist ihnen doch sowieso egal. Die sollten alle von einer juckenden Hautkrankheit befallen werden, die jegliche Berührung unmöglich ...

Da ist sie: Claire! Die langen, dunklen Haare, die beigen Stiefel: Das ist sie! Nein: Das sind Claire und er! Sie stehen direkt vor dem Check-in, gleich werden sie abgefertigt. Die beiden hängen widerlich nah aneinander und küssen sich. Filmreif, aber alles andere als jugendfrei. Überall um sie herum Menschen, doch sie wollen einfach nicht aufhören. Von wegen: ›Im Urlaub gibt es nur Streit‹. Wie sollen die sich streiten, wenn sie überhaupt nicht zum Reden kommen? Frederik liegt voll daneben.

Fassungslos verfolge ich die peinliche Veranstaltung der beiden. Langsam schieben sie sich zum Check-in, doch nicht einmal vor der Dame in der adretten, dunkelblauen Uniform haben sie Respekt. Ich glaube, die knutschen noch bei der Passkontrolle, wenn der Flieger abhebt, während des gesamten Fluges, im Taxi zum Hotel, im Hotelzimmer, und da bleiben sie dann, den ganzen Urlaub über. Double-King-Size-Bedroom, mit Blick auf die Zimmerdecke, Night and Day, all inclusive. Ich Riesenidiot! Wieso bin ich nur hergekommen? Um das mit ansehen zu müssen?

Da geschieht ein Wunder! Die Dame in der adretten, dunkelblauen Uniform schüttelt den Kopf und gibt Claire den Pass zurück. Der Traummann an ihrer Seite schüttelt ebenfalls den Kopf und beginnt, sich über Claire aufzuregen. Das ist die Chance meines Lebens: Ich muss ihr sagen, dass ich sie abgöttisch, irrsinnig, herzzer... Nein, besser: Ich muss ein Zeichen setzen, diesmal ein sehr viel beeindruckenderes als die peinliche Spray-Aktion an der Burg. Wie setzt man am besten ein Zeichen? Na, von oben!

Ich hetze zur Rolltreppe, um auf die Aussichtsterrasse zu gelangen. Rücksichtslos schlängle ich mich an den bepackten Menschen vorbei und springe die Stufen empor. Kurz darauf bin ich zwei Stockwerke über der Eingangsebene der gigantischen Flughafenhalle. Das hier ist der perfekte Ort für meine finale Show, hier kann ich meinen alles verändernden Plan in die Tat umsetzen!

Die beiden stehen relativ nah unter mir, etliche Meter tiefer. Claire und Traummann Mauro streiten nun lautstark miteinander, ein gemeinsamer Urlaub hat es in sich, Frederik hat recht.

Ich hole tief Luft. Jetzt muss ich nur noch einen lächerlichen Sprung über das Geländer machen und genau zu ihren Füßen landen! Damit werde ich ihr jegliche Urlaubsromantik versauen, jedenfalls für diesen Sommer! Also dann!

Nie mehr verliebt – Tagtraum 36

Der großartigste Selbstmord der Welt
Betrete das Treppenhaus des Straßburger Münsters und steige bis ganz nach oben auf die Aussichtsplattform. Genau an dem Tag, an dem sie immer dort hinaufgeht: an ihrem Geburtstag. Warte geduldig, bis sie kommt – ob sie mit ihrem Neuen auftaucht?
Dann, wenn sie erscheint, klettere auf die Brüstung und stürze dich vor ihren Augen in die Tiefe, eiskalt. Sieh ihr vorher lange in die Augen, dann springe hinab in die Tiefe, auf Nimmerwiedersehen.
Was für ein Abgang: Ihr Leben lang wird sie an dich denken, die wenigen Sekunden nach unten werden die schönsten Sekunden deines Lebens sein. Und für sie der schlimmste Augenblick ihres Lebens. Rache ist süß.

Vorteil:
Du hörst ihre Schritte, doch an ihrer Stelle wird ihr Neuer erscheinen, der Affe, wegen dem sie dich verlassen hat!

Auch er will sich vor ihren Augen in die Tiefe stürzen, denn auch ihm hat sie den Laufpass gegeben.
Natürlich ziehst du den armen Kerl von der Brüstung und nimmst ihn in die Arme. So wird sie euch finden, Arm in Arm, am Beginn einer wunderbaren Männerfreundschaft.

Nachteil:
Es könnte auch Folgendes passieren:
Du bist nicht schwindelfrei und dir wird bereits auf der ersten Stufe, die nach oben führt, übel. Du musst dich übergeben, mitten auf den historischen Treppen des historischen Bauwerks. Genau dann erscheint sie und sieht dich – kein heldenhafter Anblick.

Im Geiste fliege ich todeslüstern in die Tiefe und sehe, wie sie schluchzend an meinem kurzen Grab zusammenbricht. Welch ein Triumph! Was seit einem Jahr in ihr schlummerte, bricht nun aus ihr heraus: Sie sinkt auf die Knie und ...

Oh! Claire dreht sich plötzlich um und schaut in meine Richtung. Mich trifft der Schlag: Diese Frau ist nicht Claire! Dann ist der Kerl neben ihr auch nicht Mauro. Mist! Das mit dem freien Fall vor ihre Füße wäre beinahe ins Auge gegangen.

Ich hetze über die Aussichtsterrasse. Wenn sie im Flughafengebäude ist, muss sie als erstes einchecken, also wird sie in irgendeiner Schlange vor irgendeinem Airline-Schalter stehen!

»Schlange, Schlange, Schlange«, murmle ich und suche mit den Augen die riesige Halle ab, »Claire, wo bist du?«

Da! Da ist sie, diesmal ist sie es wirklich! Ich fasse es nicht, sie ist es! Claire hat diesen weißen Rock an, den mit dem violetten, gebatikten Muster. Er ist ein Geschenk von ihrer Tante, gekauft auf ›ihrer‹ Insel. Das Top, das sie trägt, kenne ich: Es ist sonnengelb, schulter-, rücken- und bauchfrei. Das Teil steht ihr hinreißend, nur finde ich, sie sollte es eher am Strand als in einem Flugzeug tragen, Flugbegleiter sind auch nur Menschen.

Ich gehe in die Mitte der Aussichtsterrasse, von dort kann ich die beiden besser beobachten. Das neben ihr muss jetzt tatsächlich Mauro sein: Er ist jünger und sportlicher als ich dachte, wirkt jedoch irgendwie unauffällig. Ich glaube, er ist kleiner als sie, aber das täuscht sicher. Der schmale Gang, in dem die beiden warten müssen, wurde mit dunkelroten Bändern abgesperrt und führt zickzackförmig bis zu dem Schalter, an dem man die Koffer abgibt und die Bordkarten erhält. Die Schlange ist endlos, was entweder an der Urlaubszeit oder einem Super-Sparpreis-Null-Euro-plus-versteckte-Gebühren-Ticket liegt.

Ich ziehe mein Handy hervor. Claire sieht hinreißend aus – mein Herz klopft, alles dreht sich und mein Hirn hat die Arbeit eingestellt. Mauro steht etwas gekrümmt hinter einem Rollwagen, auf dem sich zwei Koffer und zwei Rucksäcke befinden. Ich fasse es nicht: Er und sie stehen nebeneinander, doch sie wechseln kein Wort miteinander! Sie warten stumm und halten nicht einmal Händchen. Unglaublich! Das ist hochgradig unromantisch, so wird der Urlaub mit Claire und mir ganz und gar nicht werden! Wenn Claire und ich erst einmal auf ›ihrer‹ Insel sind, wird jeder Tag, jede Minute ein einziger, grandioser Kick werden! Sex – schreiben – Sex – Sonnenuntergang – Sex – schlafen! Genau so wird es sein, in genau dieser Reihenfolge! Joseph hat recht, Joseph ist Gott!

Ich wähle ihre Nummer. Sie greift in ihre Tasche. Das Klingeln ihres Handys höre ich nicht, dazu ist die Entfernung zu groß. Aber ihre Gesichtszüge erkenne ich gut. Freut sie sich, wenn sie merkt, dass ich sie anrufe?

Sie schaut auf das Display und als sie sieht, dass ich mich bei ihr melde, beginnt sie zu strahlen. Ihre trägen Bewegungen werden plötzlich schnell, sie richtet sich auf und fährt sich verspielt über ihre Wange. Claire freut sich, sie freut sich wirklich!

»Ich bin's, der Rrrroberrrt«, sage ich schnell, bevor sie sich melden kann.

»Rrrrobert«, verbessert sie mich lachend, »du lernst es nie: ›Rrrrobert‹. Das hintere ›r‹ spricht man fast nicht. Wie geht's dir?«

Ich freue mich unendlich. Es ist schön, jemanden zu haben, der einem so vertraut ist.

»Ich trinke nie wieder auch nur irgendwas, so weggeschossen haben wir uns noch nie«, antworte ich.

»Wie kann ein Mensch nur so wenig vertragen?«, feixt sie und lässt ihre langen Haare durch ihre gespreizten Finger gleiten.

Ohne Mauro zu beachten, geht sie in die Hocke, schiebt sich unter dem Absperrband hindurch und bewegt sich in die Mitte der Flughafenhalle. Claire wendet sich von Mauro ab, während seine Augen sie ununterbrochen beobachten.

»Du, Rrrrobert, ich bin froh, dass du anrufst! Du musst mir versprechen, dich jeden Tag zu melden, um eins, so wie immer. Da bin ich bestimmt schon wach. Versprochen?«, sagt sie.

»Versprochen«, sage ich und muss lächeln.

Es ist schön, ihre Stimme zu hören und sie gleichzeitig zu sehen. Innerhalb eines Momentes hat sich ihr Gesicht vollkommen verändert: Seit sie mit mir spricht, strahlt sie und ihre Augen leuchten. Sie wird es nicht fassen können, wenn ich gleich vor ihr stehe! Während ich zurück zur Rolltreppe gehe und zuerst das eine, dann das zweite Stockwerk nach unten schwebe, beginnt sie zu reden und es ist wie immer:

»Rrrrobert, ich muss dir was erzählen«, meint sie lachend, »ich hab schon die erste Geschichte für unser Buch! Stell dir vor: Eine tolle, alte Stadt, darüber eine tolle, alte Burg und mitten auf der Burgmauer steht: ›Schatz, ich liebe dich!‹. Einfach draufgesprayt, mit riesigen, sonnengelben Buchstaben! Genial was?«

»Genial«, erwidere ich und habe das Gefühl, ich kenne diese Geschichte.

Claire zerzaust mit einer schnellen Geste ihre Frisur, dann richtet sie ihre wunderschönen, langen Haare wieder. Ich verlasse die Rolltreppe und schleiche mich langsam in ihre Richtung. Die vielen Urlauber sind ein Segen: Man kann sich wunderbar hinter ihnen verstecken.

»Weißt du, das ist wirklich passiert«, fährt sie fort, »irgendein Kerl hat was an die Burg gesprayt, gestern Nacht. Die Polizei war sogar bei mir, gleich heute früh.«

»Die Polizei?«, frage ich erschrocken und überlege, ob ich in meinem umnachteten Zustand unter mein Werk vielleicht ›Rrrrobert‹ gesetzt habe?

»Zuerst fragt mich der Beamte, ob ich jemanden kenne, der sich in mich verliebt habe? Klar, antworte ich, ich wüsste da mehrere Typen. Da meint er: Es könnte ein Ausländer oder ein Schüler gewesen sein, denn an der Burg steht: ›Claire, ich liebe dir‹! Krass, oder? Sprayt da einer ›Claire, ich liebe dir‹ an die Burg! Das muss ein Schwabe gewesen sein, einer wie du! Du verwechselst ›dir‹ und ›dich‹ ja auch immer. Ist das nicht genial: Wir haben schon unsere erste Geschichte!«

Ich finde die Geschichte absolut unglaubwürdig und

bin überzeugt, dass niemand so einen Quatsch glauben, geschweige denn in einem Buch lesen wollen würde.

»Versprich mir, dass wir im Oktober zusammen wegfahren«, verlangt sie unvermittelt, »wir cruisen durch die Toskana, mit deinem genialen Saab! Den ganzen Oktober! Da arbeiten wir dann an unserem Liebesbuch, jeden Tag!«

Je mehr Claire strahlt, desto unglücklicher verzieht Mauro das Gesicht. Wie wird er erst aussehen, wenn ich vor ihr auftauche?

Noch wenige Schritte und ich stehe vor ihr. Doch auf einmal werde ich langsamer und verberge mich hinter einer Gruppe johlender Männer, die alle dasselbe T-Shirt tragen. Eigentlich müsste ich Claire jetzt sagen, dass ich sie abgöttisch-irrsinnig-herzzerreißend-und-so-weiter liebe, dann würde, wie in einem schlechten Film, die Abendsonne durch die riesigen Glasfenster scheinen und Claires Gestalt in einem warmen, romantisch roten Licht erstrahlen. Plötzlich würde sie mich sehen, aufschreien, ihr Handy fallen lassen und auf mich zustürmen. In Zeitlupe würde ich sie auffangen, um mich herumwirbeln, wir würden lachen, die Geräusche der Welt würden verstummen und Lennons ›Jealous Guy‹ oder irgendein anderer, unglaublicher Song wäre zu hören. Schließlich liefe der Abspann, und währenddessen sähe man uns beim Schreiben auf einer Insel, dann, wie unser Buch erscheint, umgehend ein Bestseller wird und wir Händchen haltend Autogramme geben. Seltsamerweise bin ich mir sicher, dass Joseph sich das Happy End dieser Geschichte anders vorstellen würde.

»Du, Rrrrobert«, schiebt sich Claire sanft in meine Gedanken, »das war schön gestern Nacht. Besonders am Schluss, als wir auf der Straße standen. Erinnerst du dich, Dr. Alzheimer?«

»Ja, das war ...«, stottere ich.

Plötzlich rufe ich: »Sag Mauro, du fliegst mit mir!«

Claire lächelt stolz und legt ihren Kopf auf die Seite. Sie freut sich, das ist offensichtlich.

Ist das die Lösung: Wir entscheiden uns klar und deutlich füreinander und alles wird gut! Doch meistens entwickeln sich die Dinge ganz anders, als man sie erwartet hatte:

»Ich weiß was Besseres«, sagt Claire auf einmal, »du kommst in einer Woche hinterher, nach Sant Antoni. Dann fliegt Mauro zurück und wir können in aller Ruhe unser Buch schreiben.«

»Wie lange willst du denn im Haus deiner Tante wohnen?«, frage ich irritiert.

»Zwei, drei Monate oder so. Auf die Katzen passt meine Vermieterin auf, Paps hat mit ihr gesprochen und alles geregelt«, antwortet sie.

Zwei, drei Monate? Das höre ich zum ersten Mal. Claire schaut durch die Glasfenster der Flughafenhalle nach draußen und träumt davon, wie wir im Wagen die Küste entlangfahren und unglaubliche Ideen haben. Mit fast kindlichen Worten malt sie ein Leben voller endloser Glücksmomente: Wir schreiben, essen und lieben uns, alles in der milden, sonnenverwöhnten Welt des Mittelmeers. Sie schwelgt, und allmählich realisiere ich, dass es sie und mich nie geben wird. Doch das ist kein Schlag in den Magen, mir wird weder schwindlig noch klettere ich auf den Flughafentower, um mich herunterzustürzen. Nein, ich freue mich, ich freue mich ehrlich für sie. Endlich macht Claire das, was sie schon immer wollte: Auf ›ihre‹ Sonneninsel fliegen und das Leben genießen.

Ich schaue zu ihr hinüber und sehe, dass sie vor Glück strahlt. Vielleicht freut sie sich immer so, wenn wir miteinander telefonieren und sie von einem anderen Leben träumt. Es ist schön, schön wie immer.

Ich könnte jetzt sagen, ich komme nach, dann hätte ich die Gewissheit, sie denkt eine Woche an mich und daran, wie es sein würde, wenn ich mit ihr auf der Insel bin. Doch dann, am letzten Abend, kurz bevor die sieben Tage um sind und Mauro nach Hause fliegt, würde sie sich plötzlich mit ihm aussöhnen und mir sagen, ich solle lieber nicht kommen. Ein Happy End ist schön, wer träumt nicht davon. Aber es kann einem auch Angst machen, weil alles danach langweilig wäre, jedenfalls für Claire wäre das so.

Ich drehe mich um und schaue zurück zu Mauro. Er kann die Schlange der Wartenden nicht verlassen, doch seine Augen folgen unablässig Claires Bewegungen. Mauro sieht unglücklich aus – aber genauso gut könnte ich an seiner Stelle sein und ein ähnliches Gefühl im Magen haben, weil ich nicht weiß, wie Claire sich nach ihrem Telefonat verhält.

Eben erzählt sie, gestern sei das Fotoshooting gewesen, was sie aber vorzeitig beendet habe, weil Garry andauernd wollte, dass sie den BH auszieht. Sich am Strand ›oben ohne‹ zu sonnen sei einfach etwas anderes als ein Fotograf, der tausend Fotos von einem schießen will.

Während sie weiterspricht, drehe ich mich um und schaue in Richtung der großen Drehtür. Dann gehe ich zwei Schritte zur Seite, bis mein Gesicht einen Sonnenstrahl abbekommt, der durch die große Glasfront der Halle gelangt. Obwohl mir etliche Leute entgegenstürmen, verteidige ich standhaft meine Position und genieße die Helligkeit der Sonnenstrahlen. Genau in diesem Moment geht mir ein Licht auf. Solch ein Moment ist selten, aber trifft man dann die richtige Entscheidung, kann das einem das ganze Leben verändern. Allerdings bedeutet so eine Erkenntnis auch Veränderung, mit all ihren Konsequenzen. Ich bin endlich bereit dafür.

»Claire«, sage ich liebevoll, »du musst mir etwas versprechen, ja? Du musst deinen Urlaub mit Mauro genießen, ich glaube, er ist jemand, der immer für dich da ist.«

»Eigentlich will ich gar nicht mehr mit ihm ...«

»Lass es dir richtig gut gehen«, unterbreche ich sie, »hab eine super Zeit, denk nicht an irgendwen oder irgendwas anderes, sondern stell dir einfach vor, es ist eine geniale Recherche für unser Liebesbuch, ja?«

»Wieso sagst du das?«, fragt sie erschrocken, »magst du mich nicht mehr?«

»Claire, wir werden immer Freunde sein«, antworte ich.

Ab sofort werde ich Claire ein wirklicher Freund sein: Ich werde ihr Mut machen, sich endlich einen Job als Grafikerin zu suchen, ich werde für sie da sein, aber ihr auch ehrlich meine Meinung sagen. Die Lügen, nur um sie ins Bett zu bekommen, müssen aufhören.

Claire schweigt. Dann sagt sie leise:

»Ich dachte, wir sind mehr als Freunde.«

Ihre Stimme klingt ungewohnt dünn.

»Da ist auch etwas ganz Besonderes zwischen uns«, antworte ich wahrheitsgemäß, »aber jetzt musst du auf die Insel und eine richtig gute Zeit haben, ja?«

Claire scheint mir zu glauben, ihre Stimmung bessert sich. Während ich mich Richtung Ausgang bewege, schwärmt sie vom orangen Licht der Abendsonne, das ihr Gesicht trifft, wenn sie in meinem Saab sitzt und ich uns in sanften Kurven, vorbei an Weinbergen und Villen, in den Stuttgarter Talkessel fahre, um schließlich im Häusermeer des Stadtzentrums zu verschwinden. Und sie schwärmt von den Dienstagen auf meiner Terrasse, wo wir Ideen für ihre Diplomarbeit entwickelt haben und versichert mir, dass wir noch mehr Nächte dort verbringen werden, weil wir an unserem Buch schreiben. Claire erzählt und ich lächle still vor mich hin, denn ich höre ihn wirklich gern, ihren weichen, fränkischen Dialekt. Trotzdem gibt es für mich kein Zurück mehr und so schiebe ich mich unbeirrt gegen den Strom der Menschen, die mir entgegenstürmen und mich von meinem Weg abbringen wollen. Ich höre ihre Stimme, aber ich entferne mich immer weiter von ihr.

Kurz bevor ich das Ende des Gebäudes erreiche, verabschieden wir uns. Unbeirrt gehe ich auf den Ausgang der Flughafenhalle zu. Die Drehtür schiebt sich bedrohlich auf mich zu, ich springe vor und schon bin ich in eine andere Welt geschlüpft. In meiner Geschichte ist eine entscheidende Wendung passiert, der gute Joseph hätte seine helle Freude daran. Die Welt da draußen ist anders, in ihr gibt es keine Claire mehr, die ich bedränge.

Auf dem Gehweg vor der Flughafenhalle schlängele ich mich durch den Strom der Urlauber. Alle stehen am Anfang einer Reise, ich bin am Ende meiner Reise angekommen, trotzdem ist es für mich ein Neubeginn.

Plötzlich werden meine Schritte schneller. Gleich werde ich die Tankstelle, wo mein Wagen parkt, erreicht haben. Im Gehen schaue ich hoch zum hellblauen Himmel. Ich weiß, Joseph, du sitzt jetzt da oben und denkst: Claire zu sagen, sie solle zu ihrem Mauro stehen und die Zeit mit ihm genießen, war keine selbstlose Heldentat von mir. Vielmehr habe ich endlich kapiert, dass ich kein bisschen besser bin als Claire. Wenn sie sich am Wochenende ›wegschießt‹, mit Tonnen von Alkohol und anderem Zeugs, dann jagt sie dem ultimativen Kick hinterher, dem allesvergessenden Rausch, weil sie nur so das Gefühl hat, zu leben. Mir helfen glücklich-aromatisierte Rooibostees und spacige Klangteppiche, um mich aus dem tristen Leben wegzubeamen und in das berauschende Land des Schreibens zu tauchen. Zu erleben, wie Nika immer mehr Leben eingehaucht bekommt und eine ganze Geschichte entsteht, das ist wirklich unglaublich – Nika ist mein Rausch, mein ultimativer Kick. Daraus folgt die schlichte Wahrheit: Ich liebe Claire nicht und habe das auch nie. Verliebt war ich nur in die Stunden mit ihr, in denen wir, einmal pro Woche, tausend Träume und Pläne schmiedeten und uns gegenseitig das Gefühl gaben, gemocht zu werden. Liebe ist anders, auch wenn mich dieser Abschied von Claire ein bisschen traurig macht.

Wow, das klingt gut, oder? Was bin ich doch für ein gefühlvoller Mann!

Ruckartig bleibe ich stehen.

Gefühlvoll, ich? Ganz bestimmt nicht!

Ich bin selbstgefällig, selbstverliebt und versuche Claire die Schuld dafür zu geben, dass wir kein Paar geworden sind. Dabei war ich auch nur einer der Kerle, die versucht haben, sie rumzukriegen. Das hätte meine Lust befriedigt und mir genug Bestätigung gegeben, um vergessen zu können, wie unzufrieden ich mit meinem Leben bin. Mir ging es nie um Claire, mir ging es immer nur um mich – welch späte, welch entwürdigende Erkenntnis! Ich bin kein armes, abgewiesenes Opfer, ich bin einfach nur ein Idiot, ich sollte mich schämen.

K**urz vor der Tankstelle beginne ich zu rennen.**

Steht mein alter Saab noch hinter der Waschanlage? Muss ich ihn vielleicht aus den brachialen Krallen eines geldgierigen Abschleppdienstes befreien? Oder haben sie die alte Kiste in die Waschanlage geschoben, wo sie in tausend Stücke zerfallen und zerstört ist auf ewig? Und wenn schon, ich sollte mich nur noch um Dinge kümmern, die mir wirklich etwas bedeuten. Frederik, Sina und auch Nika sind ab sofort die drei wichtigsten Personen in meinem Leben! Das ist es: Ich habe mich gegen Claire und für Nika entschieden, Joseph hat das die ganze Zeit gewusst! Aber je tiefer man in seiner eigenen Geschichte verstrickt ist, desto betriebsblinder wird man.

Ich hetze weiter. Kleine Lichtblitze treffen meine Augen, die Hitze ist fürchterlich. Heftig schnaufend erreiche ich die Tankstelle. Niemand nimmt Notiz von mir. Ich biege um die Ecke und tatsächlich: Da steht er, mein Goldstück, und hat auf mich gewartet! So muss es sein, das Leben, genau so! Ich springe hinters Steuer, gebe Gas und brause peinlich laut davon. Als ich auf die Autobahn zurück zu mir nach Hause düse, klingelt mein Handy. Ich gehe aber nicht ran, denke nur, dass ich mich eigentlich hätte von Claire verabschieden sollen. »Claire, ich ruf dir an«, hätte ich sagen sollen, sie hätte gelacht und erwidert: »Dich, du Schwabe, dich!«

Schluss damit! Ich muss mich um Nika kümmern. Ich muss das Manuskript kürzen, bis Montag muss ich das schaffen, und wenn ich Tag und Nacht durcharbeite. Vielleicht werden nach dem ersten Band noch weitere kommen, Nika könnte ein berühmter Popstar werden und nur noch auf Flughäfen zu Hause sein. Nikas Leben als Popstar muss den Jugendlichen die Augen öffnen – und sie nachdenklich machen, ob sich ein Leben im Rampenlicht tatsächlich lohnt. Nikas Geschichte hat eine wichtige Absicht, meine Lektorin muss gnädig zu mir sein, ich werde mich vor ihr Haus setzen, schreien, flehen, singen! Ist sie eigentlich verheiratet oder in irgendeiner Form liiert? Der Roman muss erscheinen, endlich eine Jugendbuch-Reihe, die vor unrealistischen Träumen warnt! Ich muss nur zum Haus meiner Lektorin pilgern und laut singen, herzerweichend gefühlvoll singen!

Ich beschleunige den Wagen und biege auf die Überholspur. Gleichzeitig wähle ich Frederiks Nummer.

»Ist sie weg? Hat sie deinen Antrag angenommen? Lernst du jetzt spanisch?«, fragt er sofort.

»Claire ist Claire«, antworte ich, »aber ich hab was kapiert.«

»Tatsächlich?«, erwidert er ironisch.

»Frederik, wann kaufen wir uns E-Bikes?«, will ich wissen.

»In dreißig Jahren, wenn wir Mitte Sechzig sind und tatterig werden«, erwidert er.

»Abgemacht«, antworte ich, »ich komm vorbei, wir müssen die nächste Fahrradtour planen.«

»Der Kaffee ist längst fertig«, sagt er und fügt hinzu: »Was macht dein Manuskript?«

»Ich muss noch heute mit meiner Lektorin sprechen«, sage ich.

»Ist sie verheiratet?«, will er wissen.

War ja klar, dass er das fragt.

»Keine Ahnung«, sage ich.

»Dann schreib ein paar Gedichte, stell dich vor ihr Haus und lies ihr deine peinlichen Ergüsse vor. Sie wird dir jeden Wunsch gewähren, nur damit du endlich still bist«, sagt er.

Kurz vor dem nächsten Blitzer bremse ich ab.

»In sieben Minuten bin ich da«, sage ich.

»Das ist zu befürchten«, antwortet er.

»Ich werde immer da sein«, schwöre ich.

»Das ist ebenfalls zu befürchten«, antwortet Frederik, und wir legen auf.

Nie mehr verliebt *oder* 37 herzzerreißende Liebesschwüre

So, meine Geschichte hatte bislang zwölf Kapitel.

Wenn ich den Ablauf und die Wendungen richtig gesetzt habe, müsste Joseph zufrieden sein, seine Reise des Helden ist komplett. Wieso dann noch ein weiteres Kapitel? Weil der göttliche Joseph meint, es gäbe bei guten Geschichten immer noch ein ironisches Ende.

Also dann:

Noch bevor ich die ersten Häuser erreiche, schießt mir eine weitere, unglaubliche Idee durch den Kopf:

Als erstes überarbeite ich meinen Jugendroman, aber dann schreibe ich gleich noch ein Buch! Ich verfasse ein weiteres Exemplar, das auf den Stapel der Millionen von Büchern kommt, die es in der weiten Welt gibt – ob das überhaupt jemand lesen will? Egal, ich muss einfach dieses Buch schreiben! »Trivial« werden sie es nennen, aber auch das ist mir egal. Ich will von diesen Gefühlen schreiben, diesen glücklichen-grausamen Gefühlen, die jeden von uns erwischen können.

Hochtrabende Literatur wird es nicht werden, aber es wird von dem handeln, was jeden zerreißen kann, jeden auf dieser Welt, egal wie gebildet er oder sie ist, wie jung, alt, reich oder arm, groß, klein, hetero oder homo, schwarz, weiß, gelb oder rot.

Welchen Titel soll mein unvergleichlicher, unglaublicher Roman haben:

Der feige Katzenhasser?

Der Marderfreund?

Der Frauen-Nichtzuhörer?

Wie wär's damit:

Nie mehr verliebt

oder

37

herzzerreißende

Liebesschwüre,

die nicht ausnahmslos mit Sex

zu tun haben

Natürlich ist dieser Titel viel zu lang, und keine Lektorin der Welt wird ihn mir durchgehen lassen. Aber genau diese Geschichte zu schreiben, wird ein wunderbarer Rausch werden, was will ich mehr vom Leben?

Die ganze Handlung wird sich innerhalb von vier Tagen abspielen und der Held der Geschichte wird ›Rrrrobert‹ heißen. Und so, genau so wird mein grandioser Roman beginnen:

Mittwoch, der Morgen danach

Vier vor eins.

Um eins ruft sie an, also in vier Minuten.

In vier Minuten muss ich sie anlügen, in vier Minuten darf ich ihr auf keinen Fall die Wahrheit sagen. Dass ich sie ganz reizend finde, ahnte sie schon letzten Sommer, als sie noch meine Studentin war. Aber dass ich sie liebe – abgöttisch, irrsinnig, herzzerreißend ...

Und ach ja, so könnte mein erster Tagtraum aussehen:

Nie mehr verliebt – erster Tagtraum

Berühmt ohne Ende
Werde berühmt, berühmt ohne Ende. Hungere für den Regenwald, gründe ein Kinderdorf in Schwarzafrika, erfinde die Anti-Aids-Pille – irgendwas, Hauptsache, die Welt sieht es und diese Hexe ärgert sich unendlich, dass sie mir den Laufpass gegeben hat.
Und dann, auf dem Höhepunkt meiner Popularität, schreibe ich ein Buch, einen Bestseller.
Ich schreibe über sie und mich, ich lasse nichts aus. Ich schreibe, dass ich ihr verzeihe, großmütig verzeihe, aber zwischen den Zeilen mach' ich sie fertig, gnadenlos. So, dass sie sich nirgends mehr blicken lassen kann, ohne dass sich alle über sie aufregen und mich bemitleiden – mich, das hilflose Opfer einer wunderschönen, eiskalten Bestie!
Ein Buch der Abrechnung wird es werden, ein Killer-Buch. Ein Buch mit 37 Beispielen, wie ich sie aus meinem Kopf schießen kann. 37-mal: peng und weg mit ihr!

Vorteil:
Hass ist ein wunderbarer Treibstoff, er macht einen hochkreativ.

Nachteil:
Jahre später sehe ich sie wieder, plötzlich, auf der Straße. Ich denke mir: ›Ha, jetzt ärgert sie sich, ich bin ja jetzt berühmt.‹
Doch sie strahlt mich nur an und sagt:

»Schön, dich zu sehen, ich habe dein Büchlein gelesen, witzige Idee. Aber ich muss dir jetzt was wirklich Wichtiges sagen: Ich werde Mutter.«

Das ist dann genau der Moment, in dem ich mich frage, ob es irgendeinen Sinn macht, dieses blödsinnige Buch zu schreiben. Sollte ich mich nicht lieber in ein finales Liebesabenteuer stürzen und endlich etwas Sinnvolles unternehmen? Zum Beispiel Kinder in die Welt setzen?

Wie auch immer: Das war's, träumt schön.

Ende